태어나는 말들

태어나는 말들

우리의 고통이 언어가 될 때

조소연

북하우스

미래의 산에서 노래하는 당신

고향 없는 사람들과 더불어
오래된 고통과 더불어
흰 눈처럼
부엉이처럼
밤의 외피를 뚫고
빛 속으로 나아가는

당신에게

들어가며

　나는 아주 폭력적인 방식으로 어머니의 세계로부터 추방되었다. 이것은 어둠 속으로 추방된 자가 지상낙원의 세계에서 추방된 또 다른 여성에 대한 이야기를 기록한 것이다. 내가 추방되지 않았다면 결코 그녀의 이야기는 탄생하지 못했으리라. 그녀는 나를 낳았지만, 나는 이제 그녀를 낳는다. 나는 그녀의 어머니가 되어 그녀를 빛의 세계로 밀어낸다. 신이 없는 장소에서 내가 당신의 침묵, 당신의 탄식, 당신의 언어, 당신의 목소리가 되겠노라고. 그 언어에 기대 나는 당신의 딸, 당신의 어머니가 될 것이라고.

　이승도 저승도 아닌 이곳에서 나는 당신이 다시 태어나는 것을 목격한다. 당신이 나를 껴안고 울었듯 내가 당신을 껴안고 울겠노라고. 당신의 탄생을 기뻐하며.

차례

2부

여성은 왜 아픈가

3부

우리의 고통이 언어가 될 때

1부

애도와 기억

수치심과 자살

수치심 "다른 사람들을 볼 낯이 없거나 스스로 떳떳하지 못함"이라는 표준국어대사전의 의미는 '여성'의 수치심을 대변하지 못한다. 여성의 '성적 수치심'은 힘에 의해 뭉개지고 압살된, 분노, 불쾌, 아픔, 억울함에 가깝다. 여기에는 부끄러움과 욕됨, 더럽혀짐, 깔보임, 굴욕감을 느끼도록 강제되는 사회·문화적 제도의 존재가 내포되어 있다. 이 책에서는 이 단어가 여성에게 가해져 온 모든 성적 억압과 폭력의 역사를 함의하는 상징적 의미로서 사용된다.

2018년 5월 7일, 어머니가 자살했다. 어머니는 돌아가시기 전 약 한 달간 심각한 정신 이상 증세를 보였다. 어머니에게는 애인이 있었다. 어떤 연유에서인지 그와 헤어진 후 어머니는 돌이킬 수 없는 나락으로 떨어졌다. 그 이후로 가족들에게 이상 행동을 보이기 시작했다. 나와 아버지에게는 온갖 독설과 폭언을, 오빠에게는 애인과 있었던 일을 암시하는 성적 표현이 담긴 메시지를 보냈다. 어머니의 증세는 점점 심각해져 한밤중에 집 밖으로 뛰쳐나가거나, 가족들이 음식에 독을 넣어 자신을 살해하려 한다며 경찰과 119에 전화했다. 샤워를 하고 거실에 나와 보면 경찰이나 119 구조대원이 현관에 서 있었다. 늦은 밤 우리 집에 여러 차례 출동했던 한 경찰은 자신의 어머니가 조현병을 앓고 계시는데, 당신 어머니의 증세가 그와 상당히 유사하니 빨리 병원에 모시고 가라 했다. 아버지는 어머니를 병원에 데려갈 생각도 안 하고 어머니를 밖으로 못 나가게 막을 뿐이었다. 나는 형제들에게 전화해 상황의 심각성을 얘기하고 어머니를 빨리 병원으로 모셔야 한다고 호소했다.

어머니의 급속한 변화와 더불어 나 또한 피폐한 몰골로 변해가고 있었다. 새벽 2~3시에 경찰과 구조대원이 들락거리고, 어머니가 언제 뛰어나갈지 모르는 데에다, 어쩌면 모든 게 잘못될지도 모른다는 불안에 시달리며 뜬눈으로 지새우다 회사에 나가야 했기 때문이다. 동탄에서 살던 오빠가 어머니를 살피러 집에 왔는데, 행색이 황폐해진 어머니와 두 눈이 노랗게 달뜬 내 얼굴을 보고 적잖이 충격을 받은 듯했다. 오빠의 회유와 설득에도 우리는 어머니를 병원으로 모시고 가는 데 실패했다. 어머니는 매우 완강했고, 무엇보다 우리에게 매우 공격적이었다. 나는 제발 오빠가 어머니를 강제로 등에 업고서라도 병원에 가기를 기도했다. 그런데도 우리는 그러지 못했다.

어느 날은 어머니가 갑자기 내 방에 뛰어 들어와서 나를 끌어안고 사랑한다 외친 적도 있고 통장을 주며 이 돈을 모두 가지라고 하기도 했다. 어떤 날은 집 앞 어두운 창고 앞에 세워둔 낡은 자전거 속에 무언가를 감춰두고 물건을 뒤지는 어머니를 발견했는데, 그 어둠 속에서 눈을 번뜩이는 어머니의 얼굴을 잊을 수가 없었다. 어머니는 길거리에서 먹이를 찾고 있는 짐승과 같았다. 그 모습은 나에게 어떤 두려움을 불러일으켰다. 어머니에게 악령이 깃들거나 어떤 원귀에게 썰 것은 아닐까 하고 말이다. 종교나 미신을 믿지 않는 나의 눈에도 어머니는 신에게 저주 혹은 벌을 받고 있는 자의 모습으로 악화되고 있었다. 어머니는 어떤 날 같은 동네에 살던 사촌 오빠 집을 갑작스럽게 찾아가 그의 아내를 붙잡고 알 수 없는 말들을 늘어놓더니 그 집에서 한참을 주무시다 갔다고 했다. 사촌 오빠는 우리 집에 들러 증세가 심상치 않으니 조치를 취해야 한다고 조언했다.

2018년 5월 7일 저녁, 어머니가 방 안에 무기력하게 누워 있을 때, 나는 거실에서 아버지에게 강하게 항변하기 시작했다. 어머니가 어떤 남자를 만난 것 같고 그에게서 무슨 일을 당한 듯하니 그를 찾아내야 한다고 말했다. 그러자 그 대화를 방 안에서 듣고 있던 어머니의 목에서는 신음처럼 "그만해, 그만해"라는 말이 새어 나왔다. 그날 밤 10시경에 어머니는 옥상에서 뛰어내렸다. 어머니가 옥상에 있을 때 나는 아무것도 모르고 내 방에서 팟캐스트를 듣고 있었다. 창밖으로 119 사이렌 소리와 동네 사람들이 웅성대는 소리가 들렸다. 누군가 우리 집 현관문을 다급히 두드리기 시작했을 때, 나는 올 것이 왔다는 생각이 들었다.

5월 8일, 자정을 넘긴 시간에 서울아산병원 응급실로 옮겨진 어머니는 척추가 부서진 채 사망했다. 의사로부터 사망 선고를 받았을 때 나는 허리를 꺾고 주저앉았다. 내 마음은 완전히 부서졌다. 눈앞에서 난폭한 빛이 번뜩이며 하나의 세계가 무너졌다. 온몸의 장기가 화상을 입은 듯 울부짖고, 들숨과 날숨마다 날카로운 바늘이 솟아나 목구멍의 점막을 찔러댔다. 나는 그때 살아서 숨을 쉬고 있다는 것의 고통스러움을 알게 되었다.

아버지는 응급실에 들어오지 못했고 나는 홀로 어머니의 시신 곁에 있었다. 응급실의 풍경이 그토록 삭막하고 무감한 곳인지 나는 처음으로 알게 되었다. 응급실 내부의 차가운 형광등, 사망 소식을 전하는 의사의 사무적인 말투, 간호사들의 피로에 섞인 목소리, 원무과 사람들의 동요하지 않는 무표정한 얼굴들.

나는 어머니의 몸에 시트를 덮어주고 그녀의 손을 주무르면서 굽은 손가락에서 칠이 벗겨진 오래된 반지를 빼냈다. 경찰과 과학수사대가 왔고 나는 그들의 질문에 답해야 했다. 어머니의 사망을 변사로 처리할지, 치사 또는 살해 등의 다른 사건으로 분류해야 할지에 대한 행정상의 이유로 사고 현장에 있던 가족은 그들의 심문을 피해 갈 수 없었다. 시외곽에 살고 있던 형제들은 아직 도착하지 않았다.

그날 어머니가 듣지 못하게 아버지와 조용히 대화했어야

했다. 그 남자가 유발하는 고통은 어머니에게 치명적인 것이었고, 나는 그것을 깊이 헤아리지 못한 채 마구 떠들어댔다. 정신질환이라는 태풍이 어머니를 쓰러뜨리기 전에 나는 나대로 여기저기에 구조 신호를 보낸 셈이었지만, 적확한 방법을 끝내 찾지 못한 채 죽음이 어머니를 휩쓸고 지나간 것을 목도해야 했다. 나는 담당 경찰에게 어머니가 만나던 남자를 찾아야 한다고 항변했다. 그러나 어머니는 이미 핸드폰에 남아 있는 모든 흔적을 지운 상태였다. 통신사 서비스센터에 찾아가 잠금장치를 풀었으나 사진도, 통화 기록도 전부 지워져 있었다. 경찰은 그 사람을 찾을 방법이 없다고 했다.

어머니는 정신의 나락으로 떨어지기 직전에 자신의 흔적을 지우는 데 마지막 힘을 쏟아부었다. 그녀가 그토록 지우려 애썼던 것. 그 핵심에 '수치심'이 있었다. 내가 그 남자를 찾으려 했던 시도는 어머니의 죽음에 대한 책임을 누군가에게 전가하기 위한 명목에 불과한 것일 수도 있었다. 어머니가 가진 고통의 핵심을 이해하기보다 그 고통을 떠넘길 누군가가 필요했던 것이다. 나는 그 고통 안으로 들어서기가 무서웠다. 그 장막을 걷으면 나는 갈기갈기 찢어질 것 같았다. 어머니의 모든 욕망, 좌절, 혐오, 비천함, 성스러움, 용기, 두려움, 혼돈, 불안, 분노, 증오 들을 나는 감히 이해하려 들지 않았다. 어째서 그녀의 말들은 정당하고 온전한 말이 아닌, 단절되고 분절되고 비속한 언어들의 진창으로 미끄러졌을까. 나는 왜 그 말들을 귀담아듣지 못했을까. 그녀가 119에, 경찰에 지속적으로 신고했던 것은 살고 싶다는 절박한 신호였음을 나는 왜 알아차리지 못했을까.

말할 수 없는 죽음

실내 계단 집 안에서 옥상으로 통하는, 실내와 실외의 중간 경계. 삶에서 죽음으로 향하는 이승과 저승 사이의 회색 지대. 지상에서 하늘로 상승함과 동시에 추락이 가능한 지대. 추락을 향해 상승함으로써 구원을 갈망하는 공간.

어떤 죽음은 가능한 한 빠르게 지상에서 치워버려야 할 부끄러운 죽음으로 은폐된다. 내 어머니의 죽음이 그러했다. 어떻게 해서 한 여성이 살았던 67년의 생애가 그토록 한순간에 치워질 수 있는가. 장례식을 치르는 내내 그리고 이후로도 몇 년간 우리는 어머니를 제대로 애도할 수 없음을 조금씩 차차 알아가게 되었다. 그녀의 죽음은 '말할 수 없는 죽음'이었기에.

장의사의 안내에 따라 장례 준비를 거쳐 영안실에 어머니의 영정 사진이 처음 놓이자, 한구석에서 잠잠하게 앉아 있던 아버지가 벌떡 일어나 "○○엄마! 왜 거기 있어! 아니, 당신이 왜 거기 있어!"라며 발작이 일어난 듯 통곡하기 시작했다. 나와 형제들은 아버지를 부축하고 울 수밖에 없었다.

장례식장에 찾아온 사람들은 대체 어머니가 왜 그렇게 갑자기 돌아가신 것이냐고 물었으나, 우리 가족 중 그 누구도 어머니가 자살했다는 사실을 말하지 못했다. 그저 사고로 돌아가셨다는 모호한 말로 얼버무릴 수밖에 없었다. 그러나 외삼촌들을 비롯한 외가 친척들은 우리 가족의 태도를 보고 석연찮은 기미를 눈치챈 것 같았다. 그들은 차마 우리 가족을 심문하는 듯이 캐물을 수는 없었던지, "그렇게 죽을 사람이 아닌데… 아닌데…" 하면서 우리를 의심과 원망의 눈초리로 쳐다보곤 했다. 우리들은 알 수 없는 죄의식에 사로잡혀 새우잠을 자가며 조문객들을 맞이할 수밖에 없었다. 조문객들과 인사하는 내내 나는 동생과 손을 꼭 잡고 있었다. 낯선 조문객들을 상대하려면 동생의 손이라도 잡고 서 있어야 했다.

어머니의 시신을 살피러 가야 했는데, 아버지와 동생은 그 시신을 도저히 보지 못하겠다고 했다. 그래서 나는 오빠와 둘이서 장례식장 지하로 내려갔다. 어머니는 아직 안치실에 들어가지 못한 상태로 임시 공간에 마련된 침상 위에 면포로 덮여 있었다. 오빠는 어머니의 시신을 그때 처음 보았기 때문에 "엄마 눈 떠! 눈 떠봐! 나 왔어! 나왔단 말이야!"라고 외치며 울기 시작했다. 나는 오빠가 진정될 때까지 그 뒤에 서 있었다. 오빠가 조금 잠잠해지자 우리는 지하 복도에 쭈그리고 앉았다. 오빠가 내 손을 잡으며 "이제부터 내가 지킬 거야. 너, ○○(동생), 아버지…" 우리는 평소 연락을 자주하거나 서로 살가운 사이가 아니었기에 나는 적잖이 당황했지만, 오빠의 손을 잡아본 것도 어쩐지 처음인 것 같았고, 꽉 움켜쥔 손에서 우리는 살아가야 한다는 의지가 느껴졌기에 나 역시 오빠의 손을 그러쥐었다.

저녁 8시가 다 되었을 때 당시 내가 일하는 출판사의 사장님과 동료 편집자, 디자이너, 마케터 들이 조문을 왔다. 서교동에서 풍납동까지 오려면 서울 서쪽에서 동쪽으로 퇴근길 인파를 뚫고 한 시간이 넘게 이동했을 것이 분명해서 나는 미안함과 고마움을 느꼈다. 출판사 사람들은 식사도 하지 않고 말없이 음료수만 마셨고, 사장님은 술을 조금 드시다 가셨다. 회사 동료들에게 검은 상복을 입은 초췌하고 초라한 내 모습을 보이는 게 싫었다. 당시 6권짜리 대하소설을 공동 편집으로 진행하고 있던 동료가 당분간 나의 몫까지 일을 처리할 예정이었다. 그에게 가장 미안하면서도 그 와중에도 타인의 눈치를 살피느라 슬픔을 온전히 느끼길 거부하는 나 자신을 발견할 뿐이었다.

이후 얼굴에 분가루를 씌운 듯 화장이 된 어머니의 얼굴을 마지막으로 확인한 것, 오빠가 어머니의 입술에 입을 맞춘 것, "고모가 왜 죽어야 해!"라고 잠시 소란을 피우던 외가 친척들, 운구 행렬, 고급 리무진, 화장터에서의 풍경⋯ 이 모든 것이 머릿속에서 점차 흐릿해져만 갔다.

장례식이 끝난 후 나와 동생과 아버지는 하루 동안 오빠네 집에 머물다가 아버지는 하루 더 그곳에 머물기로 하고, 나는 동생의 집으로 갔다. 어머니가 세상을 등진 그 집으로는 도저히 돌아갈 수가 없었기 때문이다. 그 거실… 그 거실에서 옥상으로 향하는 실내 계단… 그 계단으로 어머니가 천천히 걸어 올라 옥상으로 나간 생각을 하면 나는 견딜 수가 없었다. 동생의 집에 도착해서 담배를 피우기 위해 옥상에 올라갔다. 주변이 탁 트이고 야산으로 둘러싸여 아무도 없음을 확인하고 나서야, 나는 어미 잃은 들짐승이 되어 목 놓아 울기 시작했다.

은폐의 동조자들

은폐 강물의 어둠 아래 진실의 자취를 숨기는 행위. 자발적 은폐는 외부 세계의 비난과 처벌로부터 자신을 적극적으로 보호하는 행위이며, 비자발적 은폐는 진실과의 대면을 회피함으로써 그것을 봉인하는 소극적 행위다.

아버지와 내가 집으로 돌아온 후에도 우리는 몇 달 동안 어머니의 방에 들어가거나 옥상에 올라가지 못했다. 이후로 몇 년간 단 한 번, 겨울에 수도가 동파되었을 때 수리기사와 함께 올라간 것이 유일했다. 내 방에서 나와 거실을 가로질러 삐걱거리는 오래된 나무 계단을 오르면 옥상으로 이어졌다. 그러나 그 계단은 나에게 세상의 끝으로 떨어지는 천 길 낭떠러지 언덕과 같았다.

어머니의 방에는 형형색색의 등산복이 즐비했다. 어머니가 돌아가실 때 입고 있던 옷도 등산복이었다. 병원 봉투에 담겨 있던 어머니의 그 샛노란 등산 점퍼. 진회색 바지…. 그것을 그대로 들고 집으로 돌아온 이후 나는 어머니의 물건에는 손을 대지도 만지지도 않았다. 대신 아버지가 모든 물건을 처리하기 시작했다. 등산복과 배낭, 스틱, 등산화, 간이 돗자리, 장갑, 모자, 손수건, 보온 물병, 오래된 한복, 외출복, 겨울 코트, 속옷, 핸드백, 운동화, 빗, 화장품, 염색

약, 머리끈, 목걸이, 거울 등 어머니를 생각나게 하는 모든 것을 버렸다. 어머니의 유품 전부를 정리하는 데는 꽤 시간이 들었는데, 나는 그 모든 과정을 완전히 외면했다. 한편 아버지는 이 유품을 정리하는 데 많은 시간과 공을 들였다. 물건을 하나하나 버릴수록 그를 짓누르는 부재와 상실의 무게가 조금씩 가벼워진다는 주문에 걸린 듯이.

우리 가족은 어머니의 죽음을 각자 다른 방식으로 바라보고 대응했다. 아버지는 어느 날 갑작스럽게 아내를 잃은 늙은 남자가 되어 있었다. 내가 일을 마치고 퇴근해서 돌아오면 아버지는 나의 저녁 밥상을 손수 차려주셨다. 그 저녁 식사 자리에서 아버지는 늘 '아내 없는 남자의 삶'에 대해서 푸념하기 일쑤였다. 그것은 아내가 차려주는 음식을 먹을 수 없는 상황, 집안일을 스스로 해야 하는 것의 서러움과 서글픔, 아내의 외도에 대한 분노 등 하루에도 수십 번씩 요동치는 감정의 롤러코스터였다. 나는 아버지가 나의 침식되는 감정에 대해서는 한 번도 궁금해하지도, 묻지도 않는다는 게 이상했다. 어머니가 돌아가신 후 1년여 동안, 나는 그런 아버지의 말을 귀담아들었지만, 1년이 지나고, 2년이 지나고, 3년이 지나도, 저녁 식사 자리에서 아버지의 신세 한탄은 조금도 변화하지 않고 반복되었다. 마치 늘어진 테이

프에서 흘러나오는 구슬픈 트로트 가요를 끊임없이 듣는 것 같았다. 그 반복성이 가지는 지겨움으로 고문당하는 기분이었다. 어느 저녁에 나는 폭발해서 아버지에게 이제 그만하라고 강하게 외친 적이 있었다. 그때부터 아버지는 더 이상 어머니 이야기를 꺼내지 않았다. 그는 우울증 치료제를 복용하고 어머니를 향한 일기를 쓰면서 혼자서 마음을 삭여나갔다.

동생은 어머니가 '미쳤기' 때문에 죽은 것으로 결론을 내리고, 어머니에 대해 이야기하는 것 자체를 기피했다. 어머니에 대해 이야기하는 일은 동생의 화를 돋우기만 했다. 동생은 어머니의 부도덕함, 자신의 지극했던 효행에 대한 배신, 다른 어머니와 다른 '비정상적인 어머니'를 두었던 것에 분노해 있었다. 내가 어머니를 이해해야 한다는 말을 꺼내려 하면, 동생은 "나와 언니는 사고 체계가 매우 다르기 때문에 언니가 하는 말이 이해가 안 가"라고 말했다. 우리는 어머니의 죽음을 두고 서로의 현격한 차이와 간극만을 확인할 뿐이었다. 동생과 싸우지 않기 위해 우리는 어머니 이야기를 거의 하지 않게 되었다.

오빠는 어머니가 돌아가시기 몇 해 전부터 서서히 우리 가족과 거리 두기를 시작했다. 살아생전 어머니의 광적인 애착이 오빠를 괴롭히기도 했지만, 맏이로서 집안의 대소사를 챙겨야 하는 그간의 삶에 깊은 피로를 가지고 있는 듯했다. 오빠는 삶의 불가해한 폭력성을 종교의 힘으로 극복하려 했다. 어머니와 함께 오빠의 집에 놀러 가면 오빠는 주말 아침에 우리를 데리고 어김없이 교회로 갔다. 우리들이 교회에서 예배를 드리고 있는 모습은 정말로 낯설고 이상한 광경이었다. 어머니가 살아 계셨던 어느 명절에 우리 가족이 처음이자 마지막으로 거실에 둥그렇게 둘러앉아 기도한 적이 있다. 오빠의 "기도하자"란 말은 나에게 매우 이질적이고 낯설었지만, 그가 종교의 힘으로 가족을 끌어안으려 한다는 걸 알 수 있었다. 그런 오빠에게 어머니의 죽음이 본격적인 정신의 위기를 일으킨 것은 분명했다. 어머니가 돌아가신 후 어느 명절에, 나는 오빠가 돌변하여 자신의 아내와 아이들, 나와 아버지, 동생 모두가 보는 앞에서 벽에 머리를 들이받고 자해하면서 가족으로부터 벗어나기 위해 몸부림치는 모습을 목격한 적이 있다. 그 뒤로 나는 더 이상 오빠에게 다가가지 못했다.

어머니가 일으키는 그 모든 혼돈과 고통의 뿌리를 이야기하는 것 자체가 우리 가족에게는 고문이었다. 우리는 더 이상 아무도 어머니 이야기를 하지 않았다. 우리는 서로의 감정에 대해 아무것도 공유하지 않게 되었다. 각자의 슬픔에 갇힌 채 살아가는 일만 남은 것이었다. 아버지는 어머니의 가족들, 그러니까 외가 친척들과 만나는 일을 기피하고, 부고나 결혼식 행사 등 일체의 연락을 피한 채 은둔하듯이 살면서 자신이 받게 될 비난 어린 시선과 동정 어린 시선 모두를 거부했다. 무엇보다 어머니가 외도를 한 사실이 외부에 알려지는 것을, 그중에서도 외가 친척들과 자신의 친구들이 알게 되는 것을 극도로 두려워하고, 수치스러워했기에 아버지는 더욱더 말을 아끼게 되었다.

어머니가 돌아가신 지 1년이 채 못 되어 둘째 외삼촌이 돌아가셨을 때, 아버지는 큰 결심을 한 듯 그 장례식장에 가서 마지막으로 외가 친척들을 만나고 왔다. 나는 장례식에 참석하지 못했기 때문에 그곳에서 아버지에게 무슨 일이 있었고, 무슨 말을 들었는지 알지 못한다. 강원도 원주에서 치러진 그 장례식이 끝나고 서울로 돌아오는 길에 아버지는 자신을 달래기 위해 동서울터미널에서 천호동까지 걸어왔다고 했다. 그 일로 인해 탈장이 되어 수술을 받아야 했다. 그 후 아버지는 더욱 일기장으로 파고들며 자신만의 세계에 갇혀 살았다. 나 역시 아버지의 이야기를 들어주는 일에 진력이 났기 때문에 우리는 거의 대화를 하지 않게 되었다. 우리는 깊은 침묵의 늪에서 오랜 시간 살아야 했다. 그 침묵이 결과적으로 어머니의 죽음을 은폐하는 일이 되어버렸다. 어머니에 대해서는 아무것도 알려 하지도, 이해하려 하지도 않은 채 거기 그대로 놔두는 것 외에 우리가 할 수 있는 일은 없었다. 그저 생물체로서의 생존만이 남아 있었다. 먹고 살아가는 일 자체만으로 충분히 버거운 삶이었다. 우리는 살아 있다는 것의 죄책감 속에서 깊이를 가늠할 수 없는 늪의 세계에 갇혀 살았다. 우리는 단단한 방어막을 세우고 외부 세계와 유리되어 있었기 때문에 자살 유가족에게 일어날 법한 주변인들의 편견 어린 시선이나 무례한 행동을 실제로 맞닥뜨린 일은 없었다. 다만 그 시선에 대한 극도로 민감한 '촉수'와 '감지 능력'이 있었다. 우리는 그 시선으로부터 스스로를 보호하기 위해 철저한 유폐의 길을 걷기 시작했다. 그렇게 나를 포함해 우리 가족은 은폐의 삶으로 '이끌려' 들어간 비자발적 동조자들이 되었다.

어머니의 유품이 말끔히 정리된 안방은 아무도 들어가지 않고, 불도 켜지 않으며, 한겨울에는 보일러도 틀지 않는 어둡고 차가운 방으로 남겨졌다. 그 방은 '불길한' 방이 되었다. 나는 한밤중에 그 어두운 방에 웅크리고 앉아 있을 어머니를 맞닥뜨릴까 봐 두려웠다. 아무 말도 하지 않는 어머니… 어머니의 침묵… 그 침묵의 무게가 먼지처럼 내려앉은 어둠의 방. 아무도 들어서지 않는, 버려지고 방치된 그 방. 나는 그 방의 풍경을 오랫동안 생각했다.

어머니의 부재가 주는 실감은 바다의 심연과 같아서 우리는 점차 희박해져가는 공기 속에서 한 줄기의 빛, 한 모금의 공기를 갈구하게 되었다. 그 부재가 주는 숨 막힘은 나로 하여금 진실에 대한 갈구와 열망으로 이끌었다. 어머니에 관한 진실을 재구성하고, 말하기 힘든 침묵의 행로에 숨통의 길을 내고 싶었다.

내 딸이여,
시간을 초월하는 운명이 덮쳤소[*]

열망 열렬하고 맹렬하게 희구하는 것. 격렬하게 갈증을 일으키며 관능으로 도취하게 하는 것. 자기 파멸을 감수하는, 구원을 향한 맹목적인 손짓.

[*] 아이스퀼로스·소포클레스·에우리피데스 지음, 천병희 옮김, 「안티고네」, 『그리스 비극 걸작선』, 숲, 2010, 284쪽

어머니는 60대에 접어들면서 등산을 시작했다. 그녀는 이른 아침에 집을 나서서 매일같이 아차산, 용마산, 수락산, 북한산, 관악산 같은 서울 전역의 산들을 차례차례 등반했다. 이따금 산에서 만난 사람들과 서울 밖으로 원정을 나가기도 했다. 나는 퇴근길에서 집으로 돌아오던 중인 어머니와 종종 마주치기도 했다. 그러면 저 멀리서 노란색 점퍼에 등산 모자를 쓴 작고 둥그런 여성이 걸어오는 모습이 보였다. 그녀의 실루엣. 길에서 만나는 그녀의 모습은 낯설 때가 있었다. 산에서의 구조 상황을 염두에 두고 만들어진 등산복은 도심 한복판에서는 지나치게 밝고 눈에 띄었기 때문이다. 나는 때때로 그녀를 아는 척하지 않고 지켜본 적도 있었다. 동네 카페에 앉아 테라스 밖을 내다보면 길을 걸어가고 있는 어머니가 보였다. 그녀는 어떤 남성과 함께 걷고 있었다. 나는 그때 어머니에게 애인이 생겼다는 사실을 알게 되었지만 그다지 놀라지 않았을 뿐 아니라 오히려 잘되었다고 생각했다. 그녀에게도 이제야 삶의 기쁨이나 몰입이 될 만한 어떤 사건이 생겼다는 데 대한 안도감이 들었다.

　나는 짐짓 모른 체하면서 어머니와 대화 중에 "엄마도 다른 남자 만날 수 있지 않아? 어차피 아빠는 사랑하지 않잖아" 하고 말한 적이 있다. 그러자 그녀는 불같이 화내면서 집안의 '수치'가 될 수 없다는 말을 했다. 내가 놀란 지점은 그녀가 이미 다른 남성을 만나고 있다는 사실보다 거짓말을 하고 있는 모습을 볼 때였다. 그녀는 거짓말을 할 때면 눈빛이 흔들리고 표정이 굳어버렸기에 그녀가 몹시 큰 괴로움에 빠져 있다는 걸 짐작할 수 있었다. 자신의 외도가 세상에 드러났을 때 겪게 될 수모와 낙인이 그녀로서는 가장 두려운 공포였을 것이다. 그녀가 자신의 존재를 모두 걸고 지키고자 한 비밀이었기에 나는 여기에 그녀의 이야기를 하는 것이 이루 말할 수 없이 고통스럽다. 나의 말소리가 어머니의 영혼에게까지 들린다면 그 영혼은 나를 휘감고 통곡할 것이다. 그럼에도 나는 "엄마! 나는 말해야만 해요!"라고 외칠 것이다. 간통, 불륜, 외도라는 단어로 그녀에게 죄의 낙인을 씌우고자 함이 아닌, 그녀의 욕망이 어떤 과정으로 비틀리고 왜곡되어갔는지, 그것이 어떻게 그녀를 죽음으로 몰고 갔는지를 드러내야만 한다. 나는 그녀의 욕망을 없는 것이 아니라 엄연히 존재하는 것으로 만들고 싶다. 그 욕망을 양지의 빛 위에 올려놓고 싶다. 그것은 한 사람의 육신과 그 영혼이 품었던 삶의 열망에 대해 예의를 다하는 행위다.

어머니의 산 그리고 모성 (1)

모성 여성의 자연적 본능이 아닌, 종족의 보존을 위해 사회·문화·역사의 관습에 따라 형성되어온 신화적 코드. 출산과 함께 피를 흘림으로써 여성이 스스로 자기희생의 제단에 삶을 바치게 하는 윤리적 기제.

어머니에 대한 이 글쓰기는 과연 무슨 의미가 있을까? 그것은 윤리 너머의 진실, 그러니까 지상에서 사라진 한 인간의 생애에 어둠의 장막을 거둬내어 진실의 빛을 비추는 일이 아닐까, 하고 생각해본다. 그리하여 나의 시선은 금지된 애도를 실행한 안티고네의 이야기로 옮겨 간다.

안티고네는 국법을 어기고 나라를 배신한 오빠 폴리네이케스의 시신을 거두어 장례를 치러준다. 폴리네이케스는 그의 또 다른 형제와 테바이 왕위를 놓고 다투던 중 외국 군대를 이끌고 들어와 나라를 유린한 대역 죄인의 신분이었다. 그 시신을 거둔 죄목으로 체포당한 안티고네에게 국왕 크레온이 추궁하자 그녀는 이렇게 말한다.

제 혈족을 존중하는 것은 결코 수치스러운 일이 아니에요.*

그녀는 인간들의 법이 아닌 신들의 변함없는 불문율에 따라 자신의 오빠를 애도한 것이라고 말한다. 오빠의 시신이 들판에 버려져 들짐승과 날짐승 들에게 훼손되고 있을 때 그녀는 자신의 죽음을 예감했을 것이다. 아버지 오이디푸스가 스스로 눈을 찔러 들판의 광인이 되고 어머니가 스스로 목숨을 끊는 재앙은 그녀를 이미 오래전에 죽은 목숨으로 만들어놓았다. 그녀에게 언도된 사형은 죽음으로 가는 형식에 불과한 것이었다.

무엇이 그녀를 그토록 무모하고 담대하게 만들었을까. 나는 인간들의 법과 윤리가 지켜내지 못하는 그 무엇이 있다고 생각한다. 자신이 원하는 바에 따라 그 어떤 행동이든 해도 된다는 얘기를 하려는 게 아니다. 다만 그러한 열망의 존재를 법과 윤리의 기준에 따라 재단하는 것이 문제다. 나는 그 기준에 들어맞지 않는다는 이유로 '열망의 존재' 자체를 부정했을 때 일어나는 비극을 염려하는 것이다.

내 어머니의 열망은 단 한 번도 세상에 말해진 적이 없었다. 그럼으로써 석굴 속에 갇혀 죽을 위기에 처한 안티고네의 운명은 진실을 말할 수도, 행할 수도 없는 자의 위기와

*　아이스퀼로스·소포클레스·에우리피데스 지음, 천병희 옮김, 「안티고네」, 『그리스 비극 걸작선』, 숲, 2010, 262쪽

같다. 나에게 거짓말을 하는 어머니의 얼굴은 "바람에 시달리는 해안들이 폭풍의 매질에 울부짖을 때와도 같이"* 자신의 검은 심연과 싸우고 있는 모습이었다. 그 심연에 도사린 욕망과 가정의 윤리 사이에서 어머니는 내면의 전쟁을 벌여왔다.

2017년 가을, 어머니와 같이 설악산 등정에 나섰을 때, 나는 그 산이 얼마나 높은 산인지, 등반하는 데 얼마나 걸리는 산인지 아무것도 모르는 채로 기꺼이 동행한 것을 후회했다. 어머니는 서울 지역에 있는 등산로처럼 설악산의 초입에 식당과 매점이 즐비해 있을 것이라 하며 먹을 것을 쌀 필요가 없다고 했다. 그러나 우리가 관광버스에서 내렸을 때 산의 초입에는 당황스러울 만치 아무것도 없었다. 휴게소도 들르지 않고 왔기에 음식을 살 수 있던 타이밍도 없었다. 그래서 오전 10시부터 산을 타기 시작하여 땅거미가 져서 산 밑으로 내려올 때까지 우리가 먹은 것이라곤 오직 물뿐이었다. 나는 이렇게도 등산을 많이 다닌 어머니가 이 산에 대해 아는 것이 아무것도 없다는 데 짜증이 치밀었고, 산을 오르고 내려오는 내내 정말로 많은 신경질을 냈다. 산속에서 해가 완전히 져서 앞길이 전혀 보이지 않을 때 벌벌 떨

* 같은 책, 265쪽

며 발을 내딛으면서도 나는 계속 어머니에게 짜증을 부렸다. 해가 진 산속에서는 정말 아무것도 보이지 않는다는 사실을 나는 그때 처음 알았다. 우리 뒤에서 내려오던 등산객이 손전등으로 길을 비춰주기 시작했을 때 나는 얼마나 감격했는지 모른다. 그 사실에 깊이 안도해서인지 어둠 속에서는 잘만 걷던 발을 헛디뎌 미끄러지며 나뒹굴고 말았다. 그 모습에 놀란 어머니도 나를 붙잡으려다 같이 넘어져 뒹굴었다. 산에서 내려와 갈비를 구워 먹을 때도, 호텔에서 잘지 찜질방에서 잘지 실랑이하는 가운데서도, 그다음 날 어머니가 사진을 찍어달라고 조를 때에도 나의 짜증은 한결같았다. 내 핸드폰으로 어머니 사진은 한 컷도 찍지 않고 짜증만 냈다. 이 설악산 등반 과정에서 어머니는 이상하리만치 나에게 단 한 번도 짜증을 내지 않았다. 오래전부터 오고 싶어 했던 설악산에 당도한 기쁨 때문이었을까, 아니면 그것이 우리의 마지막 여행이 되리라는 것을 예감했기 때문일까.

지금까지의 우리의 관계를 보았을 때, 나는 어머니의 분노, 서러움, 애증, 히스테리, 짜증을 거부하고 거리 두기를 하면서도, 어쩔 수 없이 그 모든 것을 받아내는 큰딸로서의 역할을 해왔다. 그것이 나의 역할인지 인식하지도 못한 채 수행해왔다고 말하는 편이 더 정확해 보인다. 나 역시 나의 개인사가 풀리지 않을 때의 모든 불안, 분노, 짜증을 어머니에게 퍼부으면서도 필요할 때마다 그녀의 애정을 갈구했다. 특히 내가 아플 때, 어머니는 나를 단 한 번도 외면하지 않았다. 오히려 놀라운 감지력으로 문제 상황을 빠르게 인식하고 돌파했다. 그러나 그녀가 아플 때, 나는 그녀를 돌보지 못하거나 외면한 순간들이 더 많았다. 그녀는 사망하기 전 몇 해 동안 불면증에 시달렸고, 수면제를 복용해왔다. 그녀가 잠들지 못하는 고통을 호소하는 것은 나에게 일상이었기 때문에 나는 오히려 그 고통에 무감했다.

어머니는 나를 자신의 '제2의 자아'처럼 여긴 것이 아닐까 생각해본다. 어머니는 나에게 자신의 불행한 서사에 대한 '감정적 연대'를 늘 요구했다. 나는 그녀에게 동조할 때도 있었고, 거부할 때도 있었다. 어머니가 그러한 연대를 아들에게는 요구하지 않는다는 것이 이상했다. 그 대신 어머니는 소유욕을 표출하며 아들의 삶을 자신의 것으로 만들려 했다. 그러나 오빠는 결혼을 통해 이러한 지배에서 과감히 벗어나버렸다. 반면에 나는 어머니의 그늘 아래에서 그녀의 분신처럼 살아야 했던 때가 많았다. 그것은 내가 경제적으로 독립하지 못한 탓도 있었고, 미혼이었던 탓도 있었다. 그런 나 자신에 대한 한탄과 미움의 화살은 늘 그녀를 향해 있었다. 우리는 서로의 히스테리를 받아줌으로써 서로의 동아줄이자 쇠사슬이 되어 묶여 있는 것인지도 몰랐다. 이 보이지 않는 쇠사슬이 나와 어머니의 내면을 분열시키고 있다는 것을 아주 나중에 가서야 깨달았다. 나는 산을 바라볼 때마다 우리의 그 기이한 감정적 연결에 대해 떠올리게 되었다. 산은 나에게 어머니의 존재와 같은 공간이자, 내가 경험해보지 못한 모성의 세계와 같은 것이었다.

설악산 등반 후 다음 해 어머니가 돌아가셨을 때, 그녀의 죽음은 영원한 수수께끼로 남았다. 무엇이 그토록 그녀의 정신을 좀먹게 했는지 원인조차 규명하지 못한 채 이해할 수 없는 죽음이 되어버렸다. 이해할 수 없는 죽음은 나를 끝없는 미로에 가두어버렸다.

나는 여전히 산이 두렵다. 그 산들의 깊고 울창한 나무들이, 그 나무들이 드리우는 깊은 그늘과 그 산속에 잠기는 적막한 어둠이, 그 속에서 울리는 산짐승들의 울음소리가 모두 내가 헤아려보지 못한 모성의 세계 같다. 산은 멧돼지, 까치, 다람쥐, 부엉이, 노루는 물론이고 심지어 자신의 몸을 할퀴고 가는 인간에게도 품을 내어준다. 산은 자연 그 자체이고, 자신을 희생한다는 생각을 하지 않는다. 그런 자연의 무심함과 영원성이 나를 두렵게 하는지도 모른다. 산이 무상한 자유의 존재라면, 어머니는 그 산에 가까워지려는 존재였다. 그러나 어머니는 욕망을 가진 존재로서 그것에서 결코 자유로워질 수 없는 가련한 인간에 불과했다. 욕망과 모성 사이의 분열이 일으키는 괴로움에서 어머니는 놓여나고 싶었던 것일지도 모른다. 그렇기에 어머니는 그 산속에서 이 모든 고통으로부터 해방된 자유를 발견했을 것이다. 자신의 모성이 때로는 숭고한 형태로, 때로는 기이한 애착으로 분열될 수 있음을 그녀는 알아챘을 것이다. 그 찢어지고 파열된 모성에 대하여 내가 공부하지 않는다면 나는 그녀에 대한 사랑을 표현할 길이 없다.

어머니의 산 그리고 모성 (2)

유해 사랑하는 이가 남긴 삶의 흔적을 기억하게 하는 자취, 자국, 궤적이자, 남겨진 '있음'을 통해 '없음'을 끊임없이 소환하게 하는 것. 그 순환하는 윤회의 고리와 인간의 숙명을 상징하는 것.

설악산 등반을 한 다음 날, 우리는 속초 바다에서 함께 모터보트를 탔다. 그리고 이날이 어머니와 함께한 가장 눈부신 기억으로 남게 되었다는 것은 인생의 아이러니와 같은 일이다.

"아저씨! 당신은 최고의 직업을 가졌어요!"

바다를 가르며 보트가 질주할 때 어머니는 흥분한 목소리로 운전사를 향해 외쳤다. 나는 보트를 타기 전까지만 해도 해변 모래사장 위에 앉아 "보트 한 번 타는 데 5만 원이라는데… 너무 비싼 거 같아…" 하면서 가격 걱정만 하던 터였다. 그러나 어머니는 너에게 보트를 태워줄 돈쯤은 얼마든지 있다며 보트를 타러 가자고 했다. 그렇게 해서 우리는 보트가 출발하기 전에 잊지 못할 사진 한 장을 남기게 되었다. 보트 기사가 찍어준 나와 어머니의 모습은 고교 시절의 어머니가 외할머니와 찍은 흑백 사진과 데칼코마니처럼 겹친다. 사진 속의 어머니는 선글라스를 끼고 구명보트를 입은 채 자신감에 가득 찬 미소를 띠고 있다. 나는 햇살이 눈부셔 눈을 약간 찡그리고 무릎 위에 두 손을 포갠 채 억지웃음을 짓고 있다. 우리는 출발의 설렘과 긴장이 얼굴에 서려 있는 채로 사진을 찍었다.

햇빛에 그을린 맨몸에 민소매 티만 하나 걸친 보트 기사는 근육질의 팔로 힘차게 시동을 걸고, 클론의 〈쿵따리샤바라〉 같은 철 지난 유행 가요를 볼륨 높여 틀어놓은 뒤 바다 위를 달리기 시작했다. 어머니는 환호성을 질렀다. 모터보트는 '왜앵' 소리를 내며 바다 위에서 괴성을 질러댔다. 어머니는 소리 내어 웃기 시작했다. 나는 어머니가 그토록 환희에 차서 웃는 것을 난생처음 보았다. 너무 환해 아득해지는 웃음. 내가 그녀에 대해 단 한 가지 모습만 기억할 수 있다면, 그날의 그 모습을 기억할 것이다. 어머니의 야망과 함께 질주하던 바다 위의 한때. 어머니와 단둘이 맹렬히 질주하던 한때. 두 마리의 돌고래처럼. 어머니의 모든 꿈이 빛의 분수처럼 흩어지던 한때.

모터보트가 파도에 튕겨 통통 튈 때면 우리의 엉덩이도 그 자리에서 통통 튀었다. 엉덩방아를 찧을 때마다 어머니의 웃음도 튀어 올랐다. 그녀의 웃음은 흘러가는 시간을 영원히 붙잡는다. 그녀의 모든 열정, 정념, 질투, 수치, 슬픔, 분노, 혐오, 기쁨, 환희 들이 그 흩어지는 웃음과 함께 세상에 색채를 더한다. 당신이 살다 간 흔적, 당신이 세상을 사랑한 흔적, 당신이 나를 사랑한 흔적… 그것들을 나는 이제 세상 어디에서도 찾을 수 있다. 그 흔적을 따라 걷는 길이 나를 다른 길로 인도하리란 걸 나는 예감하게 되었다.

그것은 부재 속에서 사랑을 실천하는 일일지도 몰랐다. 내가 부재하는 당신을 사랑하는 유일한 방법은 당신의 흔적과 유해를 낱낱이 그러모아 그 형상을 복원하는 일이었다. 당신의 형상과 지형도가 불완전한 미완성에 그친다 하더라도 나는 당신이 생의 광휘와 희열을 느낄 수 있는 인간이었음을 기억하고자 했다. 당신의 인생에는 오로지 비극만 있었던 것이 아님을 얘기하고자 했다. 당신이 그토록 쏟아지는 빛의 한때에 속했던 인간임을 말하고자 했다.

나는 당신이 가진 그 빛과 어둠, 모두를 보고자 한다. 당신의 빛을 집어삼킨 그 어둠의 실체를 밝음의 세계 위에 꺼내놓고 싶다. 당신의 정신을 기울게 했던 그 파멸의 기원을 추적함으로써, 한낮 여름의 빛처럼 부서진 당신의 열망들을 세상에 드러내 보이고자 한다.

폭풍의 한가운데에서

비밀 한자어 빽빽할 '密'에서 기인하는 원시 밀림의 우거진 수풀과 나무들처럼 고요하고 깊숙하게 감추어진 것. 언어화되기 이전의 어둠에 잠긴 것. 침묵 속에서 말을 잃은, 현실로부터 유폐된 유령의 내면.

돌이켜보면 어머니는 사망하기 한 달 전 급속하게 정신을 놓았지만, 실상 어머니의 정신은 그 이전부터 서서히 무너지고 있었다. 어머니의 정신적 붕괴는 오랜 시간에 걸쳐 진행된 것이었다. 다만 그 속도가 매우 느렸고 녹녹한 일상에 젖어 있던 우리는 어머니의 성격이 유별난 탓으로 여겨왔다.

아버지와 어머니는 서울의 동쪽 끝에 있는 재래시장 입구에서 식료품 도매상을 30년간 운영했다. 시장 입구에는 라면, 술, 과자, 음료, 화장지, 세면 세제 용품 등을 공장에서 납품받아 소매점에 공급하는 도매시장이 형성되어 있었다. 2000년대 초반에 이 시장 인근에 대형마트가 들어서면서이 도매시장을 비롯한 동네 구멍가게들은 급속히 기울어지기 시작했다. 아버지가 운영하던 가게 역시 공장에 물건 대금을 지급하지 못하고 빚에 쫓기게 되었다. 부모님은 반평생을 운영해오던 가게를 쉽게 정리할 수도, 떠날 수도 없었다. 늘 빚과 이자에 쫓기는 숨 막히는 생활을 몇 년간 지속했다. 아버지는 오빠에게도 돈을 빌렸고 나에게도 돈을 빌려달라고 했다. 그렇지만 사회 초년생인 데다 철없이 버는 대로 써버리던 내게 그만한 돈이 있을 리 만무했다. 숨 막히는 생활 속에 어머니는 점차 생기를 잃어가면서 폭음을 시작했다. 평소에는 가게 일을 보고, 장을 보고, 저녁상을 차리며 일상을 잘 꾸려나가다 이따금 폭발하듯 술을 마셨다. 가게 뒤 창고에서 토사물을 흩뿌려놓은 채로 박스 더미에 늘어져 누워 있는 어머니를 발견하면 참담해졌다.

어머니가 이렇게 주기적으로 돌변하여 나에게 충격을 던져주는 일은 몇 년에 걸쳐 지속되었다. 놀라운 것은 어머니가 사회적 가면을 쓰는 기술이었다. 외가 친척들을 비롯하여 어머니의 동창들, 함께 등산을 다니던 사람들, 도매시장 사람들에게 어머니는 미인이고 다정한 데다 순수하고 정 많은 사람으로 여겨졌다. 한마디로 어머니에 대한 주변 사람들의 평가는 아주 좋았다. 이런 면모는 분명히 그녀가 가진 수많은 모습 중에 하나였다. 그리고 그것은 어머니 자신이 세상을 향해 내보일 수 있는 가장 밝은 모습임에 틀림없었다. 어머니는 이렇게 사람들과 잘 지내는 것처럼 보이다가도 집에 오면 지인에게서 들은 모욕적인 말을 나에게 늘어놓으며 자신의 자존심이 얼마나 짓밟혔는지 괴로워했다. 어머니는 자신에 대한 사람들의 평가에 매우 민감했고, 집의 크기, 남편의 직업, 자식들의 성공 여부 등이 그녀에게는 아주 중요한 척도가 되었다. 그중에서 남편에 대한 부분은 그녀의 가장 큰 콤플렉스였기 때문에 아무도 이 부분을 건드리지 못하게 베일에 싸놓았다. 특히 남편의 짧은 학력은 동창들이 절대로 알면 안 되는 비밀의 성역이었다.

내가 부모님과 떨어져 자취를 하고 있을 때, 퇴근 후 저녁 무렵에 어머니에게서 전화가 걸려 왔다. 그녀는 술에 취해 있었고, 산에 올라와 있다고 했다. 이미 해가 저물었는데 산에서 술에 취한 채로 전화를 걸다니! 어머니는 두서없이 아버지와 오빠를 원망하는 말들을 늘어놓다가 전화를 끊어버렸다. 아니, 전화가 끊긴 것 같았다. 그때부터 나는 어머니가 산에서 잘못될 수도 있겠다는 생각에 수십 통의 전화를 걸었는데, 밤 10시가 넘을 때까지 통화가 되지 않았다. 나는 119에 신고하는 수밖에 없었다. 119 상황실에서는 어머니에게 직접 전화를 걸어볼 테니 기다려달라고 했다. 20여 분 후에 119로부터 전화를 받았는데, 어머니와 통화 연결이 되어 확인해보니 그녀가 이미 하산했다고 했다. 그래서 어머니에게 어서 빨리 귀가하시라고 조치를 취했다는 것이다. 어머니가 119의 전화를 그토록 쉽게 받고 순순히 그 지시에 따랐다는 데에 나는 섭섭함을 넘어 분노를 느꼈다. 어머니의 그런 태도는 평소 군인과 경찰, 구조대원 등 제복을 입은 공무원들을 신뢰한 데서 오는 것 같았다. 그리고 이들에 대한 어머니의 신뢰는 어쩌면 결혼 전 마지막 연애 상대가 군인이었던 데에서 기원하는지도 몰랐다.

어머니의 정신적 기복은 해가 갈수록 더 불안정해졌지만, 우리 가족들은 그 변화를 기민하게 알아채지 못했다. 이 시기에 나는 삼십 대를 통과하면서 질 나쁜 연애와 책 만드는 노동의 고단함 속에서 살아가고 있었다. 내가 책을 만들고 글을 다루는 편집자라는 사실을 어머니는 그다지 궁금해하지도, 물어본 적도 없었다. 그보다도 결혼에 도통 무관심하고 씀씀이가 헤픈 것에 대해서 걱정하다가 나중에는 체념한 듯이 바라보았다. 어머니에게 내가 하는 일은 회사원의 삶인 셈이었다. 즉 매달 월급을 받으며 규칙적인 생활을 하고 자신의 밥벌이를 하고 있다는 것만으로 안심이 되는 것이었다. 그럼에도 그녀는 나를 매우 불안정하고 현실 인식이 미약한 딸로 바라볼 뿐 나의 재능이나 관심사에 대해서는 아무것도 모르는 듯했다. 그럴수록 어머니와 나 사이의 간극은 점점 더 커져갔다. 나는 일터에서 대학교수, 소설가, 시인, 번역가, 평론가, 기자 들을 만나 교류하고 그들의 텍스트를 다루었지만, 어머니는 그 세계와 아주 멀리 동떨어진 삶을 살아왔기에 나는 때때로 그녀의 무지가 부끄럽게 여겨지기도 했다. 내가 일터에서 만난 작가들이나 책 이야기를 꺼내면 그녀는 텅 빈 눈동자로 '대체 무슨 말을 하는 거니?' 하는 표정을 짓곤 했다. 그러면 나는 더욱더 입을 굳게 다물었다. 나는 나대로 어머니는 어머니대로 각자의 폭풍 속을 지나고 있었지만, 나는 어머니와 거리를 둔 채 그녀의 고통이 지나가기를 관망하던 잔인한 관찰자에 불과했다.

반면 어머니의 지난날을 생각해보면, 어머니는 내 꿈이나 재능이 정확히 무엇인지는 몰라도 필요한 것을 어떻게든 해주려 하던 사람이었다. 2000년대 초 내가 대학생일 때, 영화를 만들고 싶어 했던 나에게 어머니는 파나소닉 비디오카메라를 사준 적이 있었다. 그런 고가의 물건을 그녀가 아버지를 시켜 동네 가전제품 매장에서 가서 사 오게 했다는 것은 지금도 잘 설명되지 않는다. 나는 그 카메라로 다큐멘터리를 만들기도 하고, 어머니와 함께 춘천 여행을 가서 남이섬을 산책하는 모습을 담기도 했다. 그 후 나는 그 카메라를 잃어버리고 말았는데, 이를 두고 어머니는 내가 돈이 필요해 팔아먹은 거라며 혀를 찼다. 나는 억울할 따름이었지만, 그것이 그녀의 방식이었다. 어미로서의 역할과 속물 사이를 오고 가는 방식 말이다. 그것은 나를 살게 하기도 하고, 치를 떨게 하기도 했다.

육십 대에 접어든 어머니가 산에 오르기 시작했을 때, 그녀는 자연에 가까운 인간이 되어가는 듯했다. 그러나 다시 지상에 떨어진 인간은 결코 그 산 너머의 이상 세계로 올라갈 수 없었다. 경제적으로 파산한 노후를 맞이해 학원 건물을 청소하게 된 노년기 여성이라면, 외로운 열정의 대상이었던 아들과 급격히 멀어진 여성이라면, 더더욱 그러했다. 다만 이상 세계에 가까워지려는 열망으로 끊임없이 올라가고 굴러떨어지기를 반복할 뿐이었다. 어머니는 불안과 공허에 취약한 불완전한 인간이었다. 그것은 인간으로 태어난 자의 숙명이기도 했다. 그렇게 어머니는 영혼의 벽에 금이 간 채 서서히 소리 없이 무너지고 있었다. 본인 자신도 미처 인식하지 못한 채.

고통의 기원과 역사

고통　정신과 육체의 궁핍, 결핍, 공허, 상실에서 비롯되며 통증을 수반하는 것. 전쟁, 천재지변, 불의의 사고, 가난, 사회 제도와 같이 외부 세계의 불가항력적인 원인에 의해서 일어나는 괴로움과 생로병사와 욕망이라는 인간의 존재 조건 자체에서 일어나는 괴로움이 있다.

어머니의 죽음 이후, 나는 어머니가 얼마나 긴 시간 동안 자신의 고통에 맞서왔는가를 헤아려보게 되었다. 어머니의 고통은 어디에서 연유하는 것인가. 그것은 어쩌면 어머니의 어머니, 그 어머니의 어머니까지 거슬러 올라가 고통의 역사를 복원하는 일이 될지도 모른다.

나의 외할머니는 특별한 정신질환을 앓으신 적 없이 집에서 평온한 죽음을 맞이했다. 그럼에도 고교 시절의 어머니와 함께 찍은 흑백 사진 속 외할머니는 어쩐지 슬프고 맑은 눈을 가졌다. 노인의 눈이라기에 믿기지 않을 정도로 처연하게 동그랗고 투명한 눈망울. 그리고 그 깨끗한 조약돌 같은 눈을 어머니는 놀랍도록 닮아 있었다. 외할머니가 사십 대 후반에 어머니를 낳으셨기에 사진 속 어머니는 고등학생의 앳된 얼굴, 외할머니는 칠십 줄에 접어들고 있는 노인의 얼굴이었다. 이 두 여성의 극적인 대비는 마치 데칼코마니처럼 양쪽으로 포개지는 두 개의 삶을 보여주는 듯했다. 두 개의 역사가 하나의 시공간에, 하나의 이미지로 포착되어 화석처럼 남아 있었다. 그 두 줄기의 시간이 펼쳐지는 것을 살아 있는 현재의 내가 바라본다.

사진 속의 두 여성들은 이제 사라지고 없는 이들이 되었다. 외할머니를 이 세상에 다시 호명하기에는 내가 그녀에 대해 아는 것이 놀라우리만치 아무것도 없다는 사실을 자각하고 부끄러워졌다. 내가 아는 것이라곤 그녀가 여덟 명의 자식을 출산했다는 것뿐이다. 그중 마지막으로 태어난 아이가 나의 어머니이며, 어머니의 바로 손위 언니는 생후 1년을 채 살지 못하고 죽었다는 점이다. 외할머니가 끝없는 출산의 고단함 속에서 허우적거렸다면, 내 어머니는 자신의 최종 학력이 초등학교에서 그치게 될까 봐 기꺼이 집을 떠나는 삶을 살았다. 외할머니는 집안을 돌보는 삶에서 떠나지 못했지만 내 어머니는 집 밖으로의 탈출을 결행했다. 조금이라도 제 어머니의 삶보다는 나아지고자 안간힘을 다했던 한 여성의 삶이 그녀의 어머니를 통해 선연히 보이기 시작했다.

불행은 부처럼 여러 세대에 걸쳐 쌓이지만, 그 모든 것을 소모하는 데는 단 한 사람으로 충분하다. 그녀의 고통은 아주 오래전 선조 대에서 시작되었을 테지만, 나는 이 여인의 조상들에 대해 아는 것이 거의 없다. 병은 결코 원인이 아니다. 병은 고통에 맞서기 위해 고안해내는 가련한 답이다. 나는 답을 알았다. 질문이 무엇이었는지는 모른다. '우울증'과 그 시대에 부족했던 약, 그리고 빈약한 의학 지식 때문에 그녀의 병은 더 악화되었을 것이다. 결국 정신병원에 수용되는 건 피할 수 없었다. (…) 이유도 모른 채, 나는 사진 속 여인에게서 힘과 빛을 끌어낸다.*

어머니는 '결혼'이 자신의 불행의 시작점이라 늘 말해왔다. 집안의 소개로 아버지를 만나게 된 즈음에 어머니는 어떤 군인과 연애하고 있었다. 어머니는 그 군인과의 만남이 얼마나 설레었는지, 그와의 헤어짐이 얼마나 안타까웠는지 종종 내게 얘기하곤 했다. 아버지의 적극적인 구애에 어머니는 모종의 사건을** 겪고 그 군인과 만나기로 한 약속 장소에 나가지 못했다. 어머니가 뒤늦게 약속 장소에 갔을 때 군인은 아주 긴 편지를 남긴 채 떠났다고 했다. 그때 어머니

---

* 크리스티앙 보뱅 지음, 김도연 옮김, 『그리움의 정원에서』, 1984Books, 2021, 104~105쪽
** 이 모종의 사건이란, 어머니의 말에 따르면 강제적 성관계에 따른 임신이었다. 그러나 아버지는 이 일에 대해 한 번도 말한 적이 없기에 나로서는 진실을 알 수 없다.

는 자신의 인생이 다른 갈림길로 들어선 것을 직감했다. 어머니의 말에 따르면, 결혼을 한 시점부터 자신의 선택에 의해 인생을 걸어왔다기보다 '피해자의 인생'으로 들어선 것이었다. 할머니는 일찍이 남편을 잃고 여섯 남매를 키우며 하숙생을 치느라 드세고 억센 사람이 되어, 어머니는 그의 폭언에 시달리는 일상을 보냈다. 원주에 살면서 아버지가 출판사 외판원을 했던 결혼 생활 초기에는 가난하지만 이따금 치악산에 소풍을 가는 단란함이 엿보이기도 했다. 그러나 두 사람이 횡성에 사는 친할머니 댁과 살림을 합치고 식당을 운영하게 되면서 어머니의 불행은 본격화되기 시작했다. 어머니와 아버지가 횡성으로 내려가 개고기 장사를 시작했을 때 그들의 나이는 삼십 대 중반이었다.

나는 아직도 아버지가 식당 뒷마당에서 죽은 개의 잔털을 불에 그슬리던 모습을 선명히 기억한다. 어머니가 그 고기를 삶아 함지박에 담아놓고 온종일 뼈에서 살코기를 발라내던 모습도, 식당 안을 가득 채우던 들깨, 마늘 냄새와 미나리, 깻잎, 쑥갓 냄새도. 그 조그만 오두막 같은 시골 식당에는 기이하게도 이탈리아 르네상스 시대의 명화들이 곳곳에 걸려 있었다. 아버지가 외판원 시절에 다 팔지 못한 명화 도록들을 수당을 채우기 위해 본인의 돈으로 산 다음 간직한 것이었다. 그는 그것을 낱장으로 뜯어내 액자로 만들어냈다. 그 식당 안에 마련된 한 칸짜리 방이 우리 다섯 식구의 집이었다. 나는 그 단칸방의 벽에 붙여진 한글 배우기 포스터를 보며 한글을 떼고, 어머니가 수시로 틀어놓은 구구단 암송 카세트테이프를 들으며 구구단을 떼었다.

젊은 나이에 식당 일을 시작한 어머니는 아름다웠다. 식당을 드나드는 남성들이 수시로 어머니에게 군침을 흘렸다. 그런 어머니를 보호하기에 아버지는 지나치게 무기력하고 무감했다. 아버지는 어머니의 식당 일을 잠시 도울 때를 제외하고는 주로 동네 친구들과 어울려 술을 마시는 한량으로 지냈다. 어떤 날은 수시로 돈을 꾸러 오던 어린 시동생이 어머니의 치마 속에 손을 집어넣으려 달려들기도 했다. 어머니는 술 취한 손님, 시동생, 남편, 세 명의 자식, 시어머니를 건사하기도 벅찬 삼십 대를 통과하고 있었다. 나는 다섯 살에서 여섯 살이 되어가고 있었다. 식당에서 술을 마시던 한 남자 손님은 병아리와 놀던 나에게 신기한 것을 보여주겠다면서 병아리를 삼키더니 입을 벌려 보였다. 남자의 입속에서 축축하게 젖어 몸을 비트는 병아리. 식당은 어머니에게 자유도, 안식처도 되지 못했다. 어머니는 궁지에 몰려 갇혀 있는 암탉처럼 때로 지치고 무기력하게, 때로 창백하고 무참한 시선으로 나를 바라볼 뿐이었다.

사랑은 넘쳐흐르는 노래가 되어

희망 '망望'자에는 망할 '망亡'과 달 '월月'이 있다. 달처럼 밝은 전망으로 삶을 비추나, 그것은 태양의 따스한 빛이 아니라, 밤하늘의 서늘한 빛과 같은 것. 그 빛은 오지 않은 미래에 관한 것이기에, 늘 '없어짐'의 변수를 품고 있다. 그럼에도 믿고 바라는 것. 구하고 갈망하는 것. 우리를 강하게 하기도, 약하게 하기도 하는 것. 이것이 이지러질 때의 힘은 분노로 변모하여 '원망怨望'의 원천이 되기도 한다.

어머니가 세 명의 아이를 낳고 기르는 것은 어떤 마음이었을까. 둘째로 태어난 나는 어머니가 가진 교육열에 경외심을 가지지 않을 수 없었다. 세 아이에게 자신이 가진 것을 모두 바쳤던 어머니는 낮이면 우리들을 돌보는 삶으로 자신을 죽이고, 밤이면 고단한 몸을 이끌고 잠 속으로 미끄러져 자신을 죽였을 것이다.

내가 여덟 살이 될 때까지 4년간 개고기를 손질했던 어머니는 서른여덟 살이 되던 해에 아버지와 서울행을 감행했다. 그들은 강원도와 경기도를 통과하면 바로 시작되는 서울 동쪽 끝자락 암사동으로 이주해 새로운 삶을 시작했다. 아버지의 동창이 먼저 이곳에 터를 잡고 도매상을 운영하고 있었기에, 그의 도움을 받아 장사를 시작할 수 있었다. 그 동창은 십여 년 장사를 하고 가게를 접었지만, 어머니와 아버지는 이 장사를 삼십 년 가까이 하게 된다. 막 상경했을 무렵에는 가게 뒤에 마련한 창고를 방으로 개조해 온 식구가 한방에서 지냈다. 샤워 시설도 변기도 없이 수도꼭지만 있는 방 한 칸. 밤에는 천장 위로 쥐들이 우르르 뛰어다녔다. 뒷방 문을 열고 뒷마당으로 나가면 변소가 있고, 잡초들이 무성했다. 여기에는 팔다 남은 음료수며, 반품 들어온 라면, 과자, 초콜릿 박스가 즐비하게 쌓여 있어서 쥐들이 번성하기에 안성맞춤이었다. 어떤 날은 마당 한구석에서 하얗게 말라 비틀어 죽은 쥐새끼를 발견하기도 했다.

또 어떤 날은 학교가 끝나고 돌아오면 집 천장이 뚫려 무너져 있었다. 불법 개조물이라 하여 시에서 나온 사람들이 강제 철거를 한 것이었다. 그러면 어머니와 아버지는 세 아이들을 아버지의 동창이 사는 아파트에 임시로 맡겨두고 다시 집을 수리하여 우리를 데려오기 일쑤였다. 철거하면 다시 지붕을 올리고 하는 식으로 이 일은 여러 해 반복되었다.

지독히 곤궁한 생활에도 삶에 대한 어머니의 열의는 이 시기에 가장 왕성하고 의지에 차 있었다. 무엇보다 시골에서 올라온 우리들의 공부가 서울 아이들에게 뒤처지지 않도록 온갖 노력을 기울였다. 나는 언제나 공부에 심드렁했지만, 어머니의 성화에 못 이겨 학원에 다니기 시작했다. 공부에 소질이 있던 오빠는 어머니가 보내는 수학, 영어, 국어 학원에 성실히 다녔다. 아버지는 한량 시절을 청산하고 맥주 짝, 소주 짝, 라면 박스 열댓 개를 등허리에 져 트럭에 신고 소매상인들에게 배달하는 일을 십수 년간 하게 된다. 어머니와 아버지가 그렇게 열심히 살림을 꾸린 덕에 우리는 연립주택으로 이사하게 되었다. 거실도 있고, 깨끗한 욕조가 딸린 화장실도 있으며, 여동생과 내가 쓸 방도 생겼다. 그 거실에는 알록달록한 붕어 몇 마리가 노니는 어항도 놓이게 되었다. 아버지는 잉꼬 두 마리도 사다가 놓았다.

이 시기부터 어머니의 교육열은 완전히 불타올랐다. 세 아이에 대한 이 열정은 '넘쳐 흐르는 노래'가 되어 그녀의 삶을 독식하는 것이었다. 말하자면 '행복한 고통' 같은 것이었다.

내 삶은 고통이에요. 낮엔 삶이 나를 죽이지만 밤이면 내가 삶을 죽여요. 나는 여왕이 될 거라 기대했는데 이제는 구걸밖에 할 줄 모르지요. 근사한 사랑을 하며 살려 했는데 추한 상처를 입고 죽어갑니다. 그렇긴 해도 난 이곳에 무사히 존재해요. 피폐해진 내 삶 속에 온전히 존재하는 내 생명 탓에 고통스럽습니다. 나는 성근 잎사귀들 속에 넘쳐흐르는 노래로 죽어갑니다.*

특히 나와 오빠가 중학생이 되면서부터는 우리를 특수목적고에 보내기 위해 엄청난 교육비를 쓰게 되었다. 나는 여전히 공부에 심드렁하면서도 학원에는 꼬박꼬박 나갔다. 그것은 학업에 대한 열의보다 어머니의 열의에 대한 동조였다. 나는 외국어고등학교에, 오빠는 과학고에 갈 준비를 하느라 학원에서 편성한 특별반 프로그램을 이수하고 있었기 때문에 그 당시 들어간 교육비는 상당한 것이었다. 어머니는 학교에도 학원에도 뻔질나게 드나들면서 선생님들에게 잘 보이기 위해 돈 봉투는 물론이고 백화점 상품권도 적잖이 챙겨주곤 했다. 대형 학원에서 개최하는 입시 설명회에도 그 누구보다 먼저 달려가 참석했다. 아버지는 허리가 휘도록 번 돈이 모두 교육비에 투입된다는 것을 알면서도 애써 모른 체하는 것 같았다. 아버지가 수금해서 받아온 돈이 가게 카운터에 쌓이면 어머니는 그 돈 일부를 학원비나 선생님들의 용돈을 챙겨줄 목적으로 뒷주머니에 꽁쳐두곤 했다.

이런 삶이었기에 나는 어머니가 조용히 혼자서 책을 읽거나 사색에 잠기며 글을 쓰는 모습을 좀처럼 본 적이 없었다. 어머니는 지나칠 정도로 사교적이고 사람 만나는 것을 좋아하는 이였다. 어머니는 그 친화력으로 장사 수완을 발휘해 손님들을 끌어모았다. 시간이 흐를수록 나는 어머니와 내가

* 크리스티앙 보뱅 지음, 이창실 옮김, 「숨겨진 삶」, 『작은 파티 드레스』, 1984Books, 2021, 84쪽

무척이나 다른 존재이며 그 탓에 우리 사이의 골이 깊어진다는 것을 알게 되었다. 어머니는 우유부단함 없이 결단한 것을 곧바로 실행에 옮기는 이였던 반면에 나는 매사에 망설이고 머뭇거리며 주변의 눈치를 보는 아이였다.

어머니가 하루 중 가장 차분해지는 때는 저녁에 가계부를 쓰는 시간이었다. 그녀는 산술 계산에 머리 회전이 빠른 사람이었고, 경리로 일한 적도 있었기 때문에 어머니가 능숙하게 주판알을 튕기거나 계산기를 두드릴 때에는 경외심마저 들었다. 어머니가 돌아가신 후 아버지가 버리지 않은 유일한 유품이 검은색 가죽으로 싸인 양장 가계부였다. 나는 그것을 찬찬히 들여다보며 어머니가 얼마나 성실히 그날의 하루를 기록하고 있었는가를 이해하게 되었다. 꽁치 삼천 원, 우유 이천 원, 두부 한 모 천오백 원, 콩자반 삼천 원, 떡 3팩 오천 원, 애들 아빠 담배 2갑 오천 원, 토마토 사천 원, 병원비 육천 원, 약값 사천 원, 은행 이자 이만 오천 원, 전기세 삼만 팔천 원, 도시가스비 오만 원, 수도세 삼만 원, 첫째 학원-과외비 구십만 원, 둘째 학원비 삼십만 원, 막내 학교 육성회비 십만 원… 어머니는 일상의 모든 것을 숫자로 기록하고 있었다. 가계부 쓰기는 어머니가 돌아가시기 직전까지도 계속된 기록이었다.

어머니의 세계가 숫자로 구성된 것이었다면, 나의 세계는 언어로 구성된 것이었다. 아버지가 출판사 외판원을 하면서 사비로 사놓은 세계문학전집과 한국문학전집*을 비롯해 온갖 성인 소설과 체험 수기형 소설들이 책장에 꽂혀 있었기 때문에 나는 그것들을 읽으면서 자랐다. 내가 읽은 체험 수기형 소설 속 등장인물들은 주로 1970~1980년대 성인들이었는데, '복숭앗빛 피부'라든가, '하얀 다리'와 같은 단어들은 나의 머릿속을 온갖 상상으로 가득 차게 했다. 당시 데이트하던 남녀들에게는 카레가 특별한 음식이었구나, 하면서 그 특유의 향을 떠올렸다. 두 남녀의 입속에 들어갔던 그 향신료의 맛을 생각하면 몸속의 관능이 일깨워지는 듯했다. 나는 교내에서 시화전이나 백일장이 열리면 꼭 참가하곤 했는데, 단 한 번도 수상을 하거나 주목을 받은 적이 없었다. 그럼에도 무슨 용기에서인지 나는 글을 쓸 수 있다는 이상한 확신을 가지고 있었다.

우리가 고등학생이 되었을 때, 어머니의 교육열은 더욱

---

* 1970년대에 삼성출판사에서 발간된 이 전집들은 양장으로 된, 각 권마다 와인색 종이 케이스가 끼워진 고급형 책이었다. 문장들이 세로형으로 일본식 활자처럼 배열되고, 한자와 한글이 병기되었으며, 책의 표지는 비단 장정으로 싸여 금박 후가공으로 장식되어 있었다. 이 책은 우리 집에 20년 넘게 보관되었음에도 책의 외형에 손상이 전혀 없었다. 오래된 누런 종이에서 나는 그 쿰쿰한 냄새와 바스락거리는 질감을 잊을 수가 없다.

뜨거워지면서 오빠와 나는 개인 과외까지 받아 교육비는 더욱 불어났다. 나는 채 1년을 못 채우고 도망쳤기에 오빠에게로 모든 과외 수업이 집중되면서 어머니의 열정도 그쪽으로 쏠렸다.

어머니의 교육열은 세 명의 자식이 모두 대학에 들어가는 그 순간까지 지속되었다. 특히 의대에 진학하려던 오빠는 의대 합격 통지서를 받고도 인체 해부를 감당할 자신이 없어 사범대로 급선회하였다가 대학에 낙방했고 재수를 하기 시작했다. 그 이듬해에 나는 사립대학에 입학했고, 같은 해에 오빠가 사범대에 입학했다. 동생도 1년간 재수를 한 후 대학에 입학하게 되었다. 세 자식의 대학 등록금과 재수 학원비, 생활비를 대느라 어머니와 아버지는 자신들이 버는 모든 돈을 우리한테 쏟아부었다. 그럼에도 어머니에게는 이 시기가 인생에 있어 '희망의 상승기'였던 것으로 보인다. 자식 모두를 대학에 보낸다는 뚜렷한 목표가 있던 어머니는 세 마리의 경주마가 그 결승선을 향해 달리도록 노련하게 통제하는 조련사와 같았다. 자신의 삶이 더 나아지거나 탈출할 기미가 보이지 않으니 제도 안에서의 변화 가능성을 모색한 결과, 스스로 몰입할 만한 과업을 찾아낸 것이었다.

어머니는 '모성의 역할'을 자신이 발휘할 수 있는 능력의 최대치로 끌어올려 수행해냈다. 나는 그 힘이 어디서 나오는 것인가에 대해 생각했던 적이 있다. 한때 나는 그것을 여성이 가진 '본능적인 힘'이라 생각하기도 했다. 그러나 어머니의 변화 과정을 지켜보면서 나는 모성이 '본능'의 영역인지에 대해 서서히 의문을 가지기 시작했다.

모성은 과거에도 그렇고 지금도 여전히 지독한 감상적 헛소리들에 파묻혀 있고 어떻게 행동하고 어떤 감정을 느껴야 한다고 지시하는 징벌적 규율들이 너무 많아서 오늘날에도 문화적 구속복으로 남아 있다. (…) 어머니다움이 정체된 관념이 될 때, 그리하여 무한한 희생적 돌봄이라는 환상이 될 때, 모성은 야성적이라고 인지되는 어머니들을 벌주는 도덕적 무기로 사용된다. 그 제도는 집단생활 그 자체의 일부인 존재 양식이기에, 수치심이나 죄책감이 되어 내면으로부터 어머니들을 때리는 무기이기도 하다.*

나의 어머니는 모성이라는 오래된 문화양식을 내면화하고 흡수하여 자아의 일부로 만들었다. 그녀가 가진 모든 지성과 내면의 힘은 그 의무를 완수하는 데에 바쳐졌다. 모성

* 시리 허스트베트 지음, 김선형 옮김, 『어머니의 기원』, 뮤진트리, 2023, 48쪽

은 한때 내 어머니의 삶을 이끄는 동력이 되기도 했지만, 그녀의 삶을 안으로부터 무너뜨린 윤리적 기제로 작용했다.

어머니는 자신의 희생적 돌봄에는 그 어떤 대가와 보상이 따르지 않는다는 것을 알게 되었다. 자식들을 모두 대학에 보내는 데에 성공했지만, 어머니에게는 그 어떤 명예도, 사랑도 주어지지 않은 채 더욱더 큰 공허만이 찾아왔을 뿐이었다. 그녀의 몸은 빈집이 되었다. 그 빈 공간은 삶에 대한 한탄으로 메아리치고, 남편과 아들에 대한 원망으로 핏빛으로 번지기 시작했다. 그중에서 아들에 대한 집착은 시간이 갈수록 점차 기이한 형태로 변모하고 있었다.

구원자

구원자 삶의 고통, 고난, 죄악에 빠진 자에게 존재하는 것. 그것은 어느 날 갑자기 외부 세계에서 오지 않는다. 고통스러운 자의 내면으로부터 의미를 부여받고 창안되어 외로운 열망의 대상이 된다.

어머니의 오빠에 대한 자부심과 애착은 남다른 것이었다. 어머니에게 아버지의 최종 학력은 평생 채워지지 않는 결핍이자 부끄러움이었다. 이 부분은 그 누구도 건드려서는 안 될 금단의 영역이었다. 어머니는 자신의 모든 능력을 최대치로 끌어올려 남편의 부족한 부분을 메우려 했고, 그 능력은 가게를 운영하고, 집안 살림을 꾸려나가는 데에서 십분 그 가치를 발휘했다. 세 아이 중 맏이로 태어난 오빠는 이러한 어머니의 결핍을 채워주고 무너진 자존심을 다시 회복하기 위한 최대의 희망이 되었다. 오빠는 늘 어머니의 기대에 부응했고, 어머니가 채워준 모든 영양가 있는 음식과 양질의 교육을 받고 자랐다. 그의 학교 성적은 늘 전교 상위권을 웃돌았다. 어울려 노는 친구들도 오빠와 성격이 비슷한 순한 모범생들이었다. 그런 오빠에게도 입시 스트레스는 상당한 것이어서 재수를 할 때는 고소공포증을 호소하면서 정신과 상담을 받기도 했다. 오빠가 대학에 들어가고 군대에 가게 되자 어머니는 안절부절못했다. 처음으로 품 안의 아들과 오랜 시간 떨어지게 된 것이다. 자대 배치를 받은 오빠의 옷가지와 운동화가 소포로 집에 도착했을 때 흙투성이가 된 그것들을 끌어안고 어머니는 오랜 시간 울었다.

어머니는 오빠를 면회하고 돌아온 후 가장 친절하게 대해 주었던 부대 분대장에게 지난한 편지 행렬을 시작했다. 한 달에 한 번꼴로 그에게 아주 기나긴 편지를 쓰는 것이었다. 오빠에게도 그렇게 긴 편지를 쓰지 않았기에 나는 그저 신기할 따름이었다. 어머니는 당신의 아들이 어떻게 자라왔는지, 무엇을 좋아하는지, 무엇을 싫어하는지, 얼마나 착하고 여린 성정의 소유자인지, 자신이 어떻게 그 아들을 키워왔는지를 한 자 한 자 써 내려가면서 마치 자신의 마지막 연애 상대였던 그 군인에게 부치지 못한 기나긴 편지를 보내는 것 같았다. 그 분대장이 어머니에게 답장을 보내지 않았던 것은 분명하다. 그럼에도 어머니는 오빠의 군 생활 내내 늘 편지를 부쳤다. 어머니는 그 일에 상당히 몰두해 있었고, 그렇게 긴 시간 공을 들여 글을 쓰는 모습을 본 것은 그 시기가 처음이자 마지막이었다.

식료품 도매상을 운영하던 것은 큰 보탬이 되었다. 어머니는 군인들이 좋아하던 초코파이며 짜파게티를 매달 부대원의 숫자만큼 군부대로 부쳤다. 물론 오빠가 좋아하는 사천짜장도 따로 부쳐주었다. 어머니의 그런 모습을 보면서 나는 오빠를 질투하거나 그가 아들이라서 더 많은 사랑을 받는다는 생각을 하지는 않았다. 단지 어머니가 신기할 뿐이었고 유별나다고 생각했다. 내가 딸이라서 특별히 오빠보다 못한 대접을 받거나 차별을 받은 기억이 없기 때문이다. 딸이라는 이유로 중학교에 갈 기회를 빼앗길 뻔했다가 본인의 결단으로 열네 살에 상경한 어머니는 배움에 대한 의지가 확실한 사람이었다. 그만큼 교육과 생활의 질 모든 면에서 자식들을 차별하지 않았다. 다만 학교 성적에는 엄격하고 혹독한 기준을 내세웠기에 그 기대에 부응하는 것이 나로서는 숨이 막힐 따름이었다.

나는 대학에 입학하면서부터 어머니의 엄격한 지배에서 놓여나게 되었다. 대학생이 된 후로 어머니는 내 학과 공부에 전혀 관여하지 않았다. 나는 대학에서 현대시학회에 들어가 시를 습작하며 공부했고, 영화 동아리에서 영화를 만들고, 술에 취하고, 연애도 하면서 비로소 자유를 만끽하기 시작했다. 너무 자유를 만끽한 나머지 1학년 첫 학기에 학사 경고를 받았다.

오빠는 군 제대를 한 후 변해 있었다. 예전의 유순하기만 했던 사람이 아니었다. 그는 제법 거칠고 욕도 잘하는 사람이 되어 있었다. 그렇다고 본바탕까지 뒤바뀐 악인이 된 것은 아니었다. 다만 어딘가 독한 기질이 있는 사람이 되어서 돌아왔다. 오빠가 제대를 한 시점부터 어머니와 아버지의 가게는 급속하게 기울고 있었다. 나와 오빠는 등록금을 대기 위해 학자금 대출을 받기 시작했고, 부모님은 춘천에서 국립대학을 다니던 동생에게 생활비를 부쳐주기 위해 허덕여야 했다. 오빠는 대학 졸업을 앞두고 임용고시를 독하게 준비하더니 단번에 합격했다. 오빠의 졸업식 때 대학 교정에는 오빠의 이름이 새겨진 플래카드가 걸려 있었다. 그때 어머니와 오빠는 그 플래카드 앞에서 사진을 찍으며 얼마나 좋아했던가. 또 어머니의 자부심은 얼마나 부풀어 올랐던가.

　오빠는 어머니의 모든 생을 걸고 만들어낸 역작이었다. 자신의 남편과는 비교도 안 될 고귀한 존재였으며, 모든 열정으로 빚어낸 빛의 소산이었다. 어머니의 나이, 사십 대에서 오십 대에 걸친 이 시기에 그녀는 철저히 '어머니'로서의 역할에 충실했고, 부산스럽고 소란한 일상에 자기 자신을 파묻어버림으로써 '자아'를 잃어버리는 고통스러운 행복에 몰입했다. 그녀는 자식 세 명을 모두 대학에 보냄으로써* 인

---

*　여기에서 나는 의도적으로 아버지의 역할을 배제한 것이 아님을 밝히고 싶다. 아버지의 육체노동으로 벌어들인 수입으로 어머니는 가

생 최대의 성과를 냈다고 생각했다. 그중에서 학업에 특출 났던 오빠는 어머니의 고난에 찬 삶을 구원해줄 마지막 희망이었다.

그러나 오빠가 이십 대 후반에 접어들어 결혼 준비를 하게 되면서 어머니의 이러한 자부심과 구원에 대한 열정은 조금씩 금이 가기 시작했다.

계의 금전 출납을 효율적으로 관리했으며 세 아이의 교육에 전념할 수 있었다. 우리들의 유년 시절은 아버지의 기반 위에 어머니의 설계로 세워졌다고 해도 과언이 아니다.

지상의 죄인

가정 집 '가家'는 지붕 아래 놓인 돼지를 연상시키며, 뜰 '정庭'은 돼지들이 사는 '우리'나 '울타리' 같은 공간이다. 이는 우리의 존재가 유약한 동물임을 극복하기 위해 사회적 동물이 되어왔음을 상기시킨다. 가정은 우리의 원초성을 통제하며 생존을 도모하는 지붕이자, 혈육의 끈끈한 '정'이라 불리는 윤리 의식으로 사회를 유지하는 숭고한 공포의 공간이다.

어머니가 예순세 살이 되던 해에 오빠는 결혼했다. 결혼 후에 오빠는 자신의 가정을 돌보는 데 여념이 없었기에 어머니에게 소홀해졌다. 단순히 자신의 가정이 생겨서만이 아니라 오빠가 의도적으로 어머니를 비롯한 나머지 가족 모두와 거리 두기를 하고 있다는 것은 숨길 수 없었다. 어머니는 이 변화를 힘겨워했다. 어머니는 자주 모든 것이 공허하고 헛되다 말하곤 했다. 식료품 도매상 운영은 점점 더 어려워졌고, 아버지는 쇠락해가는 이 가게를 붙잡기 위해 여기저기서 돈을 꾸어 빚낸 이자를 하루하루 메꾸어나가기에 급급했다. 가겟세를 내지 못하는 날들이 늘어갔고, 결국 보증금마저 모두 소진하게 되었다. 오빠는 점점 더 멀어져갔다. 어머니는 이에 대한 푸념을 나에게 늘어놓기 일쑤였지만 나는 반복되는 그 이야기들을 건성으로 들을 뿐이었다. 나에게 어머니의 푸념은 짜증스러운 일상에 지나지 않았다.

어머니의 폭음은 이때부터 본격화되기 시작했다. 술을 마시고 온 집안이 떠나가도록 우는 날이 잦아졌다. 어머니의 울음소리는 한밤중에 새끼 잃은 짐승의 곡소리와 같았다. 나는 무거운 마음을 돌리기 위해 집 밖으로 나돌며 질 나쁜 연애에 몰두하는 나날들을 보냈다. 어떤 남성으로도 내 마음의 심연을 메울 수 없다는 것을 알면서 한 남성에게서 다른 남성에게로 이동하고 또 이동하던 시절이었다. 어머니 역시 자신의 공허를 메울 수 없기는 매한가지였다.

어머니는 자신의 불행을 처치하기에도 곤란했기에 자신의 딸들이 어떤 유년기와 청소년기를 거쳐 성년기를 살고 있는지에 대해서는 세심한 관심을 기울이지 못했다. 그것은 자신도 어쩌지 못하는 문제였다. 우리는 상처로부터 살아남기 위해 각자의 외로운 전쟁을 치르고 있던 셈이다. 어머니는 아들과 남편에 대한 광적인 애착의 늪에서 허우적대고 있었다. 특히 아버지에 대한 의심의 뿌리는 깊었다. 그녀의 말대로 '속아서' 시작된 결혼이기에 근본적인 불신이 내재한 관계 속에서 어머니는 아버지가 인근 골목을 빙빙 돌다가 모텔에 불쑥 들어가더란 사실을 내게 말했다. 나는 그것의 진실 여부를 알지 못한다. 그럼에도 어머니는 아버지가 외도를 저지르고 있다는 의심에 파묻힌 채 분노와 애증의 감정을 끊임없이 표출했다.

나는 어머니가 가정의 테두리에서 한 발짝도 벗어나지 못하는 데 답답함을 느꼈다. 남편이나 아들에게 집착하는 모습은 진심으로 넌덜머리가 날 정도였다. 나는 그런 그녀를 경멸했다. 그녀의 광적인 애착은 나에게 두려움과 부끄러움을 불러일으켰다. 그것은 삶에 대한 두려움이었고 공포였다. 만약 나에게 교양 있고 인문학과 예술에 조예 깊은 어머니가 있었더라면 어땠을까, 하는 상상을 해보았다. 아니면 어머니가 비구니가 되어 종교적 지혜를 실천하는 사람이 되었더라면 어땠을까, 하는 상상을 해보았다. 현실 속의 내 어머니는 가정과 욕망의 문제에 사로잡혀 괴로워하는 지상의 죄인처럼 보였다. 그러나 사회적 진출이 차단된 채 가정에 갇혀 있던 어머니가 지성과 종교의 힘으로 삶의 문제를 승화시킬 수 있다고 생각하는 것이 가당키나 한 일인가. 이런 생각은 어머니의 삶을 이해하려 하지 않은 내가 보내는 지극히 폭력적인 시선일 뿐이었다.

새언니가 무사히 첫째를 출산했다는 소식을 들은 날, 나는 어머니를 모시고 동탄으로 갔다. 서울에서 동탄까지 지하철을 타고 이동하는 내내 어머니는 수시로 요의를 느껴 지하철에서 내려 화장실에 들러야 했다. 그렇지 않아도 거의 3시간 가까이 소요되는 길고 지난한 길이었다. 나는 어머니가 화장실에 가고 싶다고 할 때마다 짜증을 냈다. 나는 다른 형제들과 달리 부모님과 같이 지내고 있었기에, 어머니의 육체적·정신적 기복을 아주 가까이에서 일상적으로 지켜보고, 때로는 이와 같은 돌봄을 감수해야 하는 상황이 몹시도 견딜 수 없었다. 경제적 독립을 이루지 못한 나 자신이 개탄스러웠고, 그런 자의식은 고스란히 어머니에게 짜증이란 형태로 투영되었다. 어머니도 지지 않고 자신의 모든 히스테리와 불안과 분노를 가장 가까운 딸에게 여과 없이 쏟아냈다. 우리는 서로에게 넌덜머리를 내면서도, 서로가 필요한 기이한 의존 관계 속에 있었다.

우리가 간신히 새언니가 입원한 병원에 도착했을 때, 오빠는 한참 동안 나타나지 않았다. 오빠와 어머니의 사이는 이미 벌어질 대로 벌어져 도망치려는 오빠와 붙잡으려는 어머니의 갈등은 팽팽했다. 결국 두 사람이 마주쳤을 때 싸움은 불가피했다. 두 사람은 병원 복도에서 격렬히 말다툼을 벌였고 나는 분노에 차 소리치는 어머니를 모시고 급히 병원을 빠져나오는 수밖에 없었다. 뒤늦은 점심 식사를 하기 위해 돈가스를 파는 조그만 식당에 들어갔으나, 그녀는 음식을 앞에 두고도 목으로 넘기지 못하고 의자 여러 개를 끌어다 나란히 붙인 뒤 그 위에 드러누웠다. 누운 채로 자신의 아픈 몸과 분노와 슬픔을 삭이느라 두 손을 머리 위에 포개고 있었다. 남의 시선이나 부끄러움 같은 건 더 이상 어머니가 신경 쓸 사안이 못 되었다. 부끄러움은 다만 돈가스를 입으로 넘기는 나의 몫이었다.

그 부끄러움은 어머니가 자신의 모든 것을 바쳐 나를 '배운 사람'으로 만들었기 때문이었다. 어머니에 비해 나는 지나치게 많은 것을 아는 자가 되었다. 나는 어머니의 교양 없음이 부끄러웠고, 수치와 분노와 슬픔을 거침없이 '세련'되지 못하게 표출하는 것이 부끄러웠다. 그렇게 본능적인 방식으로는 어머니가 느끼는 분노와 슬픔이 결코 세상에 이해받지 못할 것으로 보였다. 어머니는 평생 육체노동의 길에서 벗어나지 못했지만, 나를 사무직 노동자로 끌어올리는데에 성공했다. 그것을 과연 계급 상승이라고 봐야 할까? 그러나 나는 그런 이상한 계급적 우위 속에서 어머니의 교양 없음을, 세련되지 못함을, 야성성을 미개하다고 생각했다.

그때 나는 알지 못했다. 내 문제에만 골몰해 있었기에, 어머니의 고통이 어디에서 연유하는지, 그녀가 어떤 문화적·사회적·계급적 위치에 처해 있었는지 알려 하지 않았다. 결정적으로 어머니의 말을 들으려 하지도 않았다. 어머니가 반복적으로 나에게 늘어놓는 자신의 불행한 서사는 아무리 들어도 익숙해지지 않고 불편함을 야기하는 것들이었다. 그리하여 나는 어머니로부터 멀리 달아나는 삶을 살아왔다. 내가 짐을 싸서 집을 나가려 할 때, 어머니는 집 앞 골목까지 뛰어나와 붙잡았지만, 나는 뿌리치며 뒤도 돌아보지 않고 집을 떠났다. 나는 아직도 그날 집에 혼자 남은 어머니가 무슨 생각을 했는지 짐작조차 할 수 없다. 그날 나는 어머니와 싸운 것이 아니라, 동생과 격렬하게 다투었다. 내가 가족들 몰래 남자 친구를 방 안에 들였다는 이유로 동생에게서 '더러운 창녀'란 말을 들은 것이 싸움의 발단이었다. 어머니는 내가 집에 남자를 데려온 사실을 전혀 나무라지 않고, 내가 집을 나가려 하는 것만큼은 필사적으로 막으려 했다.

집을 떠난 이후로 나는 더욱더 '큰 사랑'을 갈망하게 되었다. 내 어머니 또한 나처럼 사랑을 갈구했던 여성이었다. 사랑을 열망한 만큼 자신의 모든 것을 자식들에게 쏟아부었다. 그것은 모성의 영역이 아닌, 인간으로서의 열망과 욕망의 영역이었다. 사랑받고 싶은 목마름, 그 허기가 우리를 최약체로 만든다는 것을 나도 어머니도 알지 못했다. 우리는 사랑에 있어 '약자들'이었다. 더 많은 시간이 흐른 후에 나는 낭만적 사랑과 구원에 대한 환상이 여성을 굴종의 노예로 만든다는 사실을 알게 되었다. 우리를 삶의 진창에서 구해줄 '단 한 명의 구원자'는 그 어디에도 없기 때문이다.

어머니는 자신의 삶을 오직 '불행으로 가득 찬', '피해자'로서 바라보았다. 나는 그 무력함에 대해 분노했다. 내가 분노하듯 어머니는 그 누구로부터도 사랑받지도, 이해받지 못하는 자신의 삶에 분노해 있었다. 그리고 그 분노는 어머니

를 떠도는 삶으로 이끌었다. 내가 사랑을 갈구하며 떠돌았
듯이. 어머니는 자기희생의 삶과 아무 대가가 따르지 않는
공허의 끝에서 다른 길을 찾아내었다. 그녀는 마치 산에 사
는 늑대처럼 이 산에서 저 산으로 등산을 다니기 시작했다.
그곳에서 그녀는 자신에게 잠재해 있었던 '야성성'이 우거
진 수풀처럼 자라나는 것을 목격하게 되었다.

어머니, 대담한 늑대

욕망 인간의 '골짜기'. 이 심연은 탐하고, 원하고, 갈급하고, 소유하고자 하는 마음으로 채워져 있다. 그것은 관습과 윤리의 통제에 따라 고요하고 은밀하게 숨겨지며, 자기 자신도 그 실체를 인식하지 못할 정도로 그 형체를 모호하게 한다.

어머니는 답답함을 풀기 위해 산에 간다고 말했다. 산에 가면 큰돈을 들이지 않고 놀 수 있다고 했다. 실제로 그녀는 지하철 카드와 보온병, 김밥 두어 줄이나 사과 한 알, 전날 시장에서 떨이로 산 떡 서너 팩을 배낭에 넣은 채 온종일 산 속에 있을 수 있었다. 어머니는 산에 가는 일에 매우 진지했고, 2013년 무렵에 시작한 그 일은 2018년까지 6년 동안 지속되었다.

산은 어머니 일상의 단단한 버팀목이 되었다. 매일같이 다니던 산행이 어머니의 육체를 튼튼하고 활력 있게 만들었다. 특히 어머니는 젊음이란 것을 오래도록 유지하는 유전자를 지닌 사람이었다. 아무도 어머니를 육십 대로 보지 않았고, 실제로 그녀는 육십 대가 되어서도 여전히 생리를 하고 있었다.

산은 어머니로 하여금 자연의 본능을 깨닫도록 해주었다. 산은 대담한 늑대와 같은 존재였다. 어머니는 그 늑대에 매혹되어 야생의 아이처럼 그 속을 활보하고 다녔다. 이따금 나 역시 그런 어머니를 따라 산행에 나섰다. 산속에서 사람들과 마주치면 매일 만나기라도 하는 사이처럼 친숙하게 말을 섞는 어머니의 모습을 보면서 나는 놀라움을 금치 못한 적이 많았다.

어머니는 산속에서 자유를 찾은 듯했다. 산속에서는 아무도 그녀를 고통스럽게 하지 않았다. 산속에서 현실의 문제를 놓아버림으로써 결박된 고통으로부터 비로소 풀려날 수 있었다. 어머니와 내가 가장 만만하게 다닌 산행은 아차산-용마산 코스였다. 아차산 정상까지 오르는 데는 한 시간 남짓밖에 걸리지 않았다. 그 산의 정상에서는 서울 동쪽 도심을 휘감고 흐르는 한강이 보였다. 물살 위에서 피어오르는 아지랑이에 시선을 뺏기고 저 멀리 구리대교를 지나는 유장한 흐름에 압도되기도 했다. 나는 어머니 덕분에 한겨울 산속의 아름다움에 눈뜨게 되었다. 눈 쌓인 나뭇가지에 바람이 불면 그 나뭇가지는 빛을 받아 반짝이는 눈들을 털어내며 은가루들이 너울대는 모습을 보여주었다. 우리는 바윗돌이나 죽은 나무 기둥의 둥치에 쌓인 눈을 털고 걸터앉아 김밥을 먹고 막걸리를 나눠 마셨다. 하얀 쌀로 빚은 막걸리는 눈의 맛이었다. 막걸리의 알싸한 향과 차가운 바람이 코끝을 시리게 했다. 그때부터 막걸리와 함께 먹는 김밥은 나에게 세상에서 가장 맛있는 음식이 되었다. 어머니와 도봉산을 등반할 때 그 등산로 입구에서 팔던 김밥은 잊을 수 없는 것이 되었다. 참치나 멸치, 돈가스 같은 것을 넣은 게 아닌 기본 김밥에 오로지 깻잎 한 장으로 향취를 더한 그 김밥 말이다. 서비스로 단무지 대신 대충 무를 썰어 넣은 김치를 봉지에 담아주는 그런 김밥집을 어머니는 잘도 찾아내었다. 등산에 관해서라면 이제 어머니는 모르는 것이 없는 사람이 되었다. 어디에 가면 맛집이 있고 어디로 가면 가파른 경사로가 아닌 둘레길로 갈 수 있는지, 산에서 미끄러지지 않으려면 발을 어디에 디뎌야 하는지, 아이젠은 어떻게 착용하는지, 어느 길로 내려가면 집으로 돌아갈 수 있는지 모든 것을 아는 그녀는 능숙하게 나를 이끌고 다녔다.

어느 순간 억압되어 있는 에너지가 폭발했다. 그들은 자유를 향해 투쟁했지만, 그것을 너무 뒤늦게 시작하는 바람에 심각한 대가를 치르게 되었다. 아내와 어머니로서의 불성실, 사회적인 배척, 감금, 광기 그리고 죽음이란 대가 말이다.*

그 산에서 어머니는 자신의 몸이 살아 있으며 들끓는 심

* 필리스 체슬러 지음, 임옥희 옮김, 『여성과 광기』, 위고, 2021, 105쪽

장처럼 욕망이 여전히 펄떡이고 있음을 깨달았다. 자신을 짓누르던 남편과 아들의 존재 대신 자기 존재를 자각했으며, 산은 그녀가 여자이며, 인간임을 알게 해주었다. 어머니에게 산은 '새로운 사랑'의 대상이 되었다. 어머니는 자신의 모든 열정, 정념, 분노, 증오, 슬픔, 회한 같은 것을 모두 산에 쏟아부은 뒤 정갈해진 마음으로 돌아왔다. 산이 어머니를 품어주었다고 생각했으나, 어머니가 그 산을 힘껏 껴안지 않았다면 어머니는 진작에 용암과 같은 분노와 슬픔에 휩싸여 스스로를 불태우고 말았을 것이다. 산은 어머니가 살아 있을 시간을 연장해주었다. 그 산에서 어머니의 안에 자리한 뚜렷한 욕망의 실체를 깨닫게 해준 한 명의 남성을 만나지 않았다면, 어머니는 생의 환희, 기쁨, 행복 같은 것을 전혀 알지 못한 채 삶을 마감했을 것이다. 나는 어머니가 그 남성을 쳐다보던 눈빛을 기억한다. 그 남성 앞에서 얼마나 화사하고 동글동글하게 웃던지 나는 그 미소를 잊지 못한다. 어느 날 나는 길거리에서 그들의 밀회를 목격한 것이다.

잿더미와 부서진 뼈들

비명 우리의 마음이 부정될 때, 목울대를 타고 터져 나오는 외마디 소리. 목구멍은 슬픔을 소리의 형태로 울리게 하는 기관으로 기능하며, 인간이 새에 가까워지는 유일한 순간을 증명한다.

언제부터인가 우리 집 욕실에는 모텔 용품들이 쌓이기 시작했다. 모텔에 가면 비치돼 있는 일회용 바디 워시, 여성 청결제, 바디 스티로폼, 머리끈 같은 것을 어머니는 배낭 속에 챙겨놨다가 욕실 거울 밑에 쌓아놓기 시작한 것이다. 이에 대해 아버지는 전혀 눈치를 채지 못한 것인지 어머니와 언성을 높이거나 싸우거나 한 적이 없었다. 그즈음에 아버지는 식료품 도매상을 정리하고 택시 기사 일을 한창 하고 있을 시기였다. 아버지는 새벽 3시면 일어나 점심으로 먹을 삶은 고구마와 달걀을 검은 비닐봉지에 담아 새벽 4시에 출근해 오후 4~5시가 돼서 퇴근했다.

나는 어머니가 제발 그 행동만은 멈추었으면 했다. 그러나 내가 그 말을 꺼내는 순간, 어머니는 오히려 나를 추궁할 것이 불 보듯 뻔했다. "그게 모텔 물건인지 네가 어떻게 알아?"라고 하면서 나를 더럽고 발라당 까진 년이라 몰아붙일 모습이 그려졌다. 내가 욕망을 가진 여성인 것처럼 어머니 역시 욕망을 가진 여성임을 인정하는 것은 쉽지 않은 일이었다. 특히 이 사회가 더 이상 출산에 기여하지 않는, '나이들었다'고 간주하는 여성들의 성적 욕망에 대해서는 아예 '없는 것'으로 치부하고 있다는 사실을 잘 알고 있었다. 어머니는 이따금 자신의 방에서 동물의 신음을 내곤 했다. 나는 그녀가 자위행위를 하고 있다는 것을 눈치챘지만, 그녀의 욕망과 대면하는 일은 은밀하고도 말할 수 없는 부끄러운 장면을 목격하는 것과 같았다. 나 역시 어머니의 욕망에 대해 알면서도 굳게 입을 다무는 여성이 되어 있었다.

그렇게 해서 우리 가정은 침묵의 공간이 되었다. 서로의 비밀을 모르는 척해야만 생활이 유지되는 곳이었다. 어머니 역시 새로운 일을 시작하여 잠실에 있는 대형 영어학원에서 건물 청소를 시작했다. 그녀는 새벽 5시에 집을 나서서 오전 6시부터 정오 무렵까지 먼지를 뒤집어 쓰며 화장실과 교실에 쌓인 온갖 오물과 쓰레기를 치웠다. 그리고 산으로 갔다. 산에서 그 남성을 만나고 모텔에서 몸을 섞고 저녁때면 집으로 돌아왔다. 아버지는 어머니가 청소 일을 하는 것을 몹시 싫어했고, 우리 역시 어머니에게 생활비를 드릴 테니 일을 나가지 말라고 만류했지만, 그녀는 누구의 눈치도 받지 않고 자신의 마음대로 쓸 돈이 필요했다. 어머니는 싸구려 매니큐어를 손톱에 칠하고, 립글로스도 정성스럽게 발랐다. 막냇동생은 특히 어머니에 대한 애착이 커서 그녀가 어디 아프지 않은지를 수시로 살피고, 그녀에게 인삼을 사 먹을 수 있는 돈을 부치고, 중탕기를 사서 집으로 보내곤 했다. 어머니는 동생이 부친 돈으로 경동시장에 가 인삼을 사 오곤 했다. 그렇게 해서 어머니는 고된 생활임에도 건강한 육체를 지니게 되었다. 반면에 아버지는 하루 12시간씩 운전대를 잡으면서 나날이 밑바닥으로 꺼지는 육체로 변해갔다. 특히 고속도로를 타거나 장거리 손님을 받으면 화장실에 갈 수 없어 오줌을 참는 것이 일상이었다. 결국 아버지는 방광과 장에 이상이 생겨 매일 1시간마다 강박적으로 화장실을 가야만 하는 몸이 되었다.

육십 대 중반을 넘어선 내 부모님이 가혹한 육체노동을 지속해야만 했던 것은 단연 우리 삼 형제의 교육 때문이었다. 우리가 모두 대학을 졸업했을 때 부모님이 운영하던 식료품 도매상은 권리금, 보증금을 모두 거덜 내고 정리하게 되었다. 어머니와 아버지에게는 자신들 이름 앞으로 들어놓은 국민연금이나 노후 보험조차 마련돼 있지 않았다. 우리가 대학을 졸업하고 사회인이 되었을 때 부모님은 경제적으로 파산한 노년을 맞이했다. 이제 막 사회에 발을 디딘 나와 동생이 안정적으로 부모님을 도와줄 형편은 되지 못했다. 오빠는 결혼을 기점으로 어머니와 더욱 사이가 멀어졌다.

이 불안한 시기를 통과하는 동안 아버지는 허물어져가는 육체의 고통 속에, 어머니는 허물어져가는 정신의 위기 속에 소리 없는 비명을 지르고 있었다. 특히 어머니는 불안한 현실의 토대 위에 자신의 육체와 정신 속에서 뛰어다니는 암말 한 마리를 키우고 있었다. 그리고 그 암말이 미쳐 질주하다 절벽으로 떨어지는 그날까지 내 어머니는 그 암말과 함께 달렸다.

그 남자는 내 어머니의 마음에 자리 잡은 심연을 모두 이해해주었을까? 나는 오직 어머니와 함께 걸어가고 있는 그 남자의 뒷모습을 본 게 고작이었다. 아버지에 비해 키가 컸고 골격이 다부졌던 그 남자. 그 의문의 남자로 인해 나는 자주 미궁 속으로 빠져들곤 했다. 그 남자는 내 아버지가 해주지 못했던 것을 어머니에게 해주었을까? 어머니는 그런 처연한 위로 따위는 바라지 않았을 수도 있다. 어머니는 그 남성의 육체를 탐하는 데 몰두했을지도 몰랐다. 남성으로부터 자신의 육체가 탐해지고, 자신의 육체가 한 남성을 탐한다는 것은 어머니의 생에서 귀한 생명의 약동이었을까? 어머니의 정신 속 암말은 그 남자와 함께 달아나기 시작했다. 그들은 절벽을 향해 전력으로 질주했다. 절벽의 끝에 다다랐을 때, 그 남자는 멈추었고, 내 어머니는 멈추지 않았다.

응급실에서 내가 처음 어머니의 시신을 보았을 때, 그녀는 기찻길에 뛰어들어 죽은 안나 카레니나의 얼굴을 하고 있었다. 브론스키가 기차역 창고의 탁자 위에 눕혀진 안나의 시신을 보았을 때의 그 광경. 그는 안나의 시신을 두고 "수치스러운 줄도 모르고 탁자 위에 뻗어 있던, 조금 전까지 생명으로 충만했던 피투성이 육체"*라고 말했다. 나는 '무참'이란 말을 그때 이해하게 되었다. 여성이 금지된 열광과 정념, 광기에 빠져들면 어째서 이토록 참혹한 처벌을 받아야만 하는 것인가 하는 의문을 피할 수 없었다. 그녀는 스스로 단죄한 죄인이었다. 낭만적 사랑이 환상임을 깨닫고 그 대가를 치르기 위해 자신을 처단했다. 어머니는 우리 삶의 문제가 남녀 사이 연애의 차원으로는 구원될 수 없음을 깨달은 것일까? 그 뼈저린 자각과 함께 모성의 윤리가 어머니를 분열시키고 처단하는 심리적 규율이 되었던 것일까?

무엇이 어머니를 죄인으로 만들었는가? 왜 어머니는 좀 더 뻔뻔하면 안 되었는가? 왜 이기적이면 안 되었는가? "나는 그를 사랑해! 나는 여자야! 사랑받고 사랑하면서 살고 싶어!"라고 외치면 왜 안 되는가? 그 모든 사랑이 환상임을 알고 그것에 대해 헛웃음을 터뜨리며 "그래, 또 하나의 환

---

* 레프 니콜라예비치 톨스토이 지음, 장영재 옮김, 『안나 카레니나 3』, 더클래식, 2013, 397쪽

상이 사라졌군. 지나가는 구름처럼"이라고 말하면 왜 안 되는가? "그래, 나는 버림받았지. 그가 나를 버리고 떠났어. 그래서 뭐 어쨌다는 거야?"라고 말하면 왜 안 되는가? 이런 말 대신 그녀는 "내 몸은 그의 피부 속에, 심장 속에 스며들어 사라졌는데, 그가 떠난 지금 나는 어디에 있는 거야? 이 치욕스러운 껍데기, 육신만 남았구나! 욕정에 눈이 멀어 내 핏물과 진물까지 모두 더러워졌구나! 그렇지만 난 여전히 그의 정액이 그리워. 퉤! 더러운 년! 미친년! 죽어라, 죽어!"라고 외쳤을 것이다.

내 어머니의 몸은 정념의 화염에 잿더미가 되었다. 어머니의 시신이 화장될 때 그 불의 열기 옆에 서 있던 나는 관 속에 함께 들어가 누워 있고 싶었다. 그 불타는 고통을 나는 함께하고 싶었다. 어쩔 수 없는 인간인 나는 불구덩이에 들어가는 대신 그 잿더미와 부서진 뼈들을 수습하여 그것을 질료로 삼아 글을 쓴다.

오빠의 바람에 따라 어머니의 유골함은 기독교식으로 만들어졌다. 오빠의 말에 의하면 어머니가 돌아가시기 몇 해 전 오빠를 찾아가 교회의 목사를 만나고 '회개'했다는 것이다. 그렇게 해서 어머니는 오빠에 의해 갑자기 '교인'이 되었다. 나로서는 이해할 수 없는 행보였다. 어머니는 정말로 종교에 귀의하고 싶었던 것일까? 그렇지만 그 종교는 내 어머니를 살리지 못했다. 종교는 어머니의 수치심과 죄책감을 더욱 강하게 할 뿐이었다.

가정도, 종교도, 윤리도, 법도 지켜내지 못한 내 어머니의 삶은 어디에서 구원받을 수 있는 것일까? 어두운 밤이면, 나는 망자의 목소리가 되어 떠도는 내 어머니의 외침 소리를 듣는다. 그녀는 내게 이렇게 말한다. "나는 죽었어. 이렇게 죽고야 말았어. 나를 잊지 말아줘! 내 목소리를 들어줘. 내 삶은 끝나지 않았어! 나는 아직도 그곳의 삶이 그리워. 나를 이곳으로 내치지 말아줘! 나를 잊지 말아줘!"

우리는 글쓰기라는 극단의 침묵에서 현실에 울려 퍼지는 날카롭고 짧은 비명을 해석한다. 문학이라는 것은 오래도록 울부짖기 위해, 음악이 될 때까지 비명을 내지르기 위해 존재한다. 문학에의 권리 혹은 현실과 공동체 안에서는 금지된 비명을 지를 권리. 가정에서 우리는 들끓는 비명을 억누른다.*

나는 밤새도록 그 울음소리를 듣다가 어머니의 삶을 양지

---

*   엘렌 식수 지음, 이혜인 옮김, 『아야이! 문학의 비명』, 워크룸프레스, 2022, 59쪽

위로 끌어내기 위해 동이 터오는 새벽이면 이 글을 쓴다. 새들이 울기 시작하면 그 울음소리는 금기의 벽을 뚫고 빛의 세계 위를 떠돈다. 그 떠도는 소리를 붙잡아 나의 단어 한 자 한 자에 그녀의 영혼이 실리기를 바라는 불가능한 염원이 나를 매일 책상 앞에 앉도록 한다. 어머니는 평소에 글이란 것을 전혀 읽지 않던 사람이었기에 그녀가 살아 있다면 이 글은 탄생하지 않았을 것이다. 그녀가 부재하는 지금 이 글은 떠도는 울부짖음을 받아 적은 것에 불과한 것이 되었다. 나는 그녀의 죽음을 통해 그녀의 삶을 재건하고 있는 셈이다.

자궁, 동굴에 갇힌 여자들

자궁 한자어대로 보면 '아들을 품은 집'이 된다. 이는 언어가 여성의 몸을 지배하는 방식을 잘 보여준다.* 이 단어는 여성의 존재가 왜곡되어온 역사를 내포한다. 자궁은 생명체를 품고 낳는 '집'의 기능뿐만 아니라, '여성적' 존재로서의 기억이 쌓이는 '영혼의 창고'와 같은 기능을 수행하며, 여성이 스스로 다시 태어나는 '창조의 장소'이기도 하다.

---

* '세포(배아)를 품은 집'이란 뜻의 '포궁'이 자궁의 대체어로 제시되고 있다.

어머니는 1952년에 강원도 갑천에서 여섯 명의 오빠를 둔 막내로 태어났다. 그녀는 '정호식'이란 이름을 갖게 되었다. 당연히 남자아이일 거라 생각했던 외할머니와 외할아버지는 그녀의 이름을 다른 남자 형제들의 '호'자 돌림과 이어지는 이름을 지어주었다.

열네 살이 되었을 때 그녀는 홀로 서울에 올라와 중학교, 고등학교를 졸업했다. 이 시절 어머니의 사진을 보면 눈에 쌍꺼풀이 지고 단발머리를 한 통통한 소녀였다. 얼굴에는 늘 미소를 띤 채 친구들과 함께 사진을 찍었다. 내가 어머니에게 미처 물어보지 못하고 영원한 미궁에 갇혀버린 것은 '어떻게 어린 나이에 서울에 올라와 혼자 지낼 생각을 할 수 있었나'였다. 내가 사진 속 여고생인 어머니를 보면서 "엄마 이때 되게 통통했네"라고 말하자 그녀는 "그때 밤늦게까지 일하고 돌아오면 너무 허기져서 밥이랑 김치를 많이 먹어 그래"라고 말했다. 집에 돌아오면 아무도 없었을 텐데 혼자 밥을 차려 먹고, 아침이면 세수를 하고, 교복을 갖춰 입고, 학교에 가고, 저녁이면 생활비를 벌기 위해 일했다. 그럼에도 사진 속 어머니의 얼굴은 그늘지거나 우울해 보이거나 하지 않았다. 그녀가 십 대 시절에 학비와 생활비를 벌기 위해 정확히 어떤 일을 했는지 나는 알지 못한다. 내가 알 수 있는 그녀의 이십 대 시절은 '아남'이라는 회사에서 경리로 일하던 시절의 모습이었다. 컬이 진 단발머리를 하고 살이 비치는 검은색 스타킹에 하이힐을 신은 모습으로 동료들과 잔디밭에 앉아 찍은 사진을 보면, 그녀는 어느새 여성스럽고 사랑스럽고 세련된 서울 여성으로 변모해 있었다.

그녀가 가장 자유로웠고 그 어떤 남성에게도 구애받지 않던 이십 대 초중반의 삶을 나는 상상해본다. 그러니까 나의 어머니도 아니고, 누구의 딸도 아니고, 누구의 아내도 아닌 그때의 정호식이란 사람의 생애를 말이다. 그러고 보니, 나는 어머니에게 꿈이 뭐였는지 물어본 적이 없다. 그녀가 원래 뭐가 되고 싶었는지, 어떻게 살고 싶었는지 물어본 적이 없었다. 어떤 사진에서 어머니가 곡선 패턴이 들어간 블라우스에 청바지를 입고 친구들과 단풍나무 아래서 찍은 모습을 기억한다. 친구가 많았던 어머니는 그들과 함께 야외로 놀러다니기도 하면서 "언젠가는 나도 괜찮은 남자를 만나서 행복하게 살 거야" 같은 말을 했을지도 모른다.

결혼은 그녀의 모든 바람, 희망, 꿈, 야망, 욕망 들의 무덤이 되었다. 그것은 일찍이 대지의 어머니 데메테르의 딸, 페르세포네가 지하의 신 하데스에게 납치된 사건과 같은 일이었다. 결혼은 그만큼 여성의 삶에 거대한 지각 변동을 일으키는 것이었다. 결혼과 함께 여성들은 지하 세계의 삶을 감내하기 시작한다.

내가 어머니로부터 반복적으로 들어왔던 것은 아버지가 교육을 제대로 받지 못해 무식하다는 점이었다. 아버지에 대한 어머니의 태도는 모순적이었다. 우리 형제에게는 아버지가 배움이 모자라고 성격이 소심하여 집안의 대소사를 잘 거느리지 못한다고 하면서도 아버지의 식사, 질병, 구치소 생활까지 그의 모든 수발을 기꺼이 들었다. 그것은 험난한 시대를 건너온 많은 여성처럼 내 어머니 또한 자신이 가진 모든 재능을 가정 안에서 발휘한 것이라고 생각한다.

어머니의 말에 따르면 내가 태어날 즈음의 우리 가족은 늘 가난에 허덕여야 했는데, 그 정점은 병원에 갈 돈이 없어 삼 형제를 모두 집에서 출산했다는 사실이었다. 그중에서도 둘째인 나를 출산했을 때의 일을 어머니는 가장 오랫동안 반복적으로 얘기했다.

나는 설 연휴가 지나고 태어났다. 시어머니의 집에서 명절 음식 잔반을 처리하던 어머니는 양수가 터져 두 살인 오빠를 데리고 버스를 탄 뒤 낯선 아저씨의 부축을 받아 집으로 돌아왔다. 긴 시간의 산고를 치른 후 그날 새벽에 나를 낳았다. 나의 출생에 관한 어머니의 이야기는 들을 때마다 헛헛한 것이었다. 안정적인 의료 서비스를 받으며 출산한 것이 아닌, 노동을 하던 중에 불편한 몸을 이끌고 버스를 탄 그 여성은 온 세상이 뒤흔들리는 고통과 불안 속에서 아이를 낳았다. 그 불안과 결핍이 나의 존재의 조건이 된 것은 이 '출산'이라는 사건에서 비롯된 것인지도 모른다.

그로 인해서 어머니의 자궁에는 가난에 대한 기억이 사무치게 새겨졌을 것이다. 아버지는 어머니의 출산 세 번을 모두 손수 도왔다. 뜨거운 물에 가위를 삶아 우리의 탯줄을 끊어내던 그날 일을 아버지가 드물게 들뜬 목소리로 들려줄 때면 어머니는 진저리를 치면서 화를 내곤 했다. 집에서 낳은 게 무엇이 자랑스러워서 그렇게 떠드냐고 말이다. 그리고 나에게도 어머니의 분노는 진심으로 느껴졌다. 사진 속에 남아 있는 삼십 대의 어머니는 불행한 결혼 생활, 생활고, 세 아이를 길러내는 고단함으로 그늘진 얼굴이다. 나는 캄캄한 동굴 속에 감금된 여성의 얼굴을 보는 것만 같았다. 동굴의 어둠이 그녀의 얼굴에 그림자를 드리우고 그 어둠 속에서 내가 태어났다.

쭈글쭈글한 늙은 여자에게나 빠르게 시들어갈 운명의 젊은 부인들에게는 연기 자욱한 동굴 이외에 어떤 세계도 없었다. 그들은 오로지 밤에만 말없이 베일을 쓰고 나타날 뿐이었다.*

시몬 드 보부아르가 동굴 속에서 웅크린 채 일하고 있는 여성들을 튀니지의 어느 마을에서 발견했을 때의 대목이다. 나는 그녀들에게서 내 어머니의 얼굴을 발견한다. 즉 '내 삶은 여기서 더 나아질 가망성이 없어'라고 체념한 여성의 얼굴을 말이다. 자기 삶에서 탈출하고 싶지만 그 가능성을 찾을 수가 없는 그 감금의 상태.

여자들 개개인은 동굴 속에서 힘을 얻는 것이 아니라 그 안에 갇히고 만다. 그 동굴은 마치 '성의 투쟁의 꿈을 직조하면서 삶의 거미줄에 눈물 흘리는' 블레이크의 상징적 벌레와 같다.**

아버지의 동생들, 그러니까 삼촌들은 수시로 우리 집에

* 샌드라 길버트·수전 구바 지음, 박오복 옮김, 『다락방의 미친 여자』, 북하우스, 2022, 215쪽
** 같은 책, 216쪽

방문하곤 했다. 그중에 어떤 삼촌들은 어머니의 몸에 손을 대거나, 나와 내 여동생의 손을 이끌어 자신의 성기를 주무르게 하거나, 나를 무릎에 앉혀놓고 내 엉덩이에 성기를 갖다 대곤 했다. 나는 이 사실을 어머니에게 말한 기억이 없지만, 어머니가 그 사실을 눈치챈 것은 분명했다. 삼촌들이 단칸방에서 자고 가는 날이면 그들 사이에 아버지와 오빠를 눕게 하고 딸들을 자기 쪽에 눕히는 식으로 조치했기 때문이다. 그 당시에 어머니가 이 일을 즉시 말하고 항변했는지는 기억이 나지 않는다. 훨씬 더 시간이 흐른 후, 오십 대에 접어든 어머니가 폭음을 시작하면서 이때의 일을 비로소 입 밖으로 꺼냈을 때, 아버지는 이 소리가 전혀 들리지 않은 듯이 행동했다. 그는 이 일에 대하여 그 어떤 행동도 취하지 않음으로써 '없는 일'로 간주했다. 나는 아버지와 이 일에 대해 이야기한 적이 없다. 내가 근친 성추행의 기억을 꺼내 아버지를 추궁하기에, 이제 아버지는 너무 늙었고, 많은 일을 겪었고, 아내를 잃은 남자였다.

어머니의 심연 속에 나는 오랫동안 갇혀 살아온 것만 같다. 어머니와 나에게 자행된 성추행은 오랫동안 수치스러운 기억으로 남아 컴컴한 어둠 속에 봉인하도록 했다. 세월이 흘러 육십 대가 된 어머니는 자궁 근종 수술을 받았다. 어머니가 자궁 수술을 받은 사실을 가족 중에서 유일하게 나만이 기억하고 있다는 것은 여전히 수수께끼 같다. 가족 중 아무도 어머니가 이 수술을 받은 사실을 알지 못했다. 특히 아버지는 어머니가 언제 그 수술을 받았냐고 반문할 정도였다. 그만큼 어머니가 여성성의 상징인 신체 기관에 문제가 생겼다는 사실을 부끄럽게 여기고, 비밀스럽게 치료했음을 짐작할 수 있었다. 그러나 가장 가까운 딸인 나에게만큼은 그 사실을 알려와서 나는 수술받은 직후의 어머니를 지켜본 유일한 목격자가 되었다. 나는 병실에서 그녀와 함께 있었다. 자꾸 말라붙는 어머니의 입술에 립밤을 발라주면서 그녀를 바라보았다. 어머니는 "어서 방구가 나와야 할 텐데" 하고 농담을 했다. 그 병실의 고요한 정적과 창문으로 들어오는 몽롱한 햇볕이 나를 심연 속으로 가라앉히고 있었다. 그로부터 몇 년의 시간이 흘러 사십 대가 된 나는 자궁내막증 수술을 받게 되었다. 나 역시 회사에 수술 예정일을 알릴 때, 무슨 수술을 받는지 자세히 알리지 않았다. 나 역시 내 여성성이 위기에 처했다는 사실을 대외적으로 알리는 일이 꺼림칙했다. 어머니와 나의 자궁은 오랜 세월 여성이라면 마땅히 간직해야 할 비밀을 보관하는 '성소'처럼 기능해왔다. 그것은 '수치의 연쇄 고리'라는 고통으로 연결되어 있었다. 그 말할 수 없는 것들은 '혹'이 되어 자신의 존재를 알리는 비명을 내질렀다.

여성들은 산부인과에 가면 소위 '굴욕' 의자라 불리는 것 위에 다리를 벌리고 앉게 된다. 이 의자에 처음으로 앉게 되는 여성은 '충격'을 금치 못한다. 이는 여성이 섹스를 할 때 수치심이 일어나는 과정과 유사한 연상 작용을 일으킨다. 보부아르는 여성이 가진 자연적 관능성이 성교를 통해 굴욕적인 형태로 파열되며, 그 후로 여성은 꿈과 환상이 아닌 '현실 세계'에 눈뜨게 된다고 했다. 이러한 성행위가 상호 동의하에 이뤄지지 않은 폭력성 아래 놓일 때, 수치심은 더욱 배가되어 여성의 존재 자체를 위협하는 칼날이 된다. 여성에게 '성性'이 '수치'와 긴밀하게 연관된다는 것은 젠더 문제에서 권력의 하위에 위치하게 만든다. 제 목소리를 내지 못하게 하고 부끄러움을 느끼도록 강요받으며, 침묵을 강제하는 윤리적·문화적 통제 수단이 된다.

여성의 수치가 자궁으로 침투해 들어오는 외부 세계의 바이러스 같은 것이라면, 여성의 몸은 스스로 그 수치로부터 자유로워질 수 있는 자정 능력을 가지고 있다고 생각한다. 수치를 압도하는 힘은 여성의 관능성과 생명력의 회복에 있다. 그것은 지하 세계에 살던 페르세포네가 대지의 어머니에게로 돌아가는 일과 같다. 죽음과 탄생을 관장하는 자궁을 통해 내 어머니는 나를 낳았고, 나는 내 자궁을 통해 당신, 어머니의 존재를 느낀다. 나의 자궁은 당신의 죽음에서 비롯되는 당신의 현존을 기억한다. 나는 나의 몸으로, 자궁으로 기억함으로써, 죽음과 이 세계의 난폭함에 저항한다. 기억을 언어화하는 일은 내가 죽음에서 삶으로 돌아오는 방식이다.

어머니는 사는 동안 무엇을 갈망했을까, 무엇을 꿈꾸었을까, 밤에는 어디로 영혼이 떠돌았을까. 나는 어머니의 동굴에서 태어나 함께 살았고, 탐험했고, 탈출했다. 나는 어머니 땅의 정기를 물려받았고 그 정신으로 새로운 땅을 찾는다.

내 자궁 속에 쌓인 기억은 곧 어머니의 기억이고, 내 어머니의 어머니의 기억이기도 하다. 나는 그 심연으로 내려가서 그들의 슬픔과 광기와 분노를 느낀다. 밤마다 광포해지는 파도의 포말처럼 그들의 울음소리가 들리는 것 같다. 나는 두 눈을 명료하게 뜨고 아침이 올 때까지 그 소리를 똑똑히 듣는다. 그들이 잊히기 전에, 분해되기 전에. 내 손가락을 하나하나 더듬어 그들의 소리를 담아낸다.

2부

여성은 왜 아픈가

고통을 질료로 삼다

영매　삶과 죽음의 경계에 선 자. 죽은 자의 언어를 산 자들에게 대변하는 사람. 구술 언어로써 텍스트를 변용하는 사람. 확고부동한 말의 세계가 아닌, 변화하고 흐르는 말의 세계를 구현하는 사람. 이승에서 저승으로, 저승에서 이승으로 끊임없이 돌아오며 경계를 흐리는 사람.

어머니에 대한 글을 쓰는 것은, 특히 그 죽음에 대하여 글을 쓴다는 것은 언제나 나를 압도하는 일이었다. 나는 그의 삶과 죽음을 표현할 적확한 단어와 언어를 찾기 위해 애썼으나, 언제나 백지 앞에서 망설이고 배회하는 시간이 더욱 길었다. 나는 그녀로부터 어둠의 비밀을 누설하는 법을 배웠다. 세상으로 흘러나온 핏기 어린 비밀들은 더 이상 비밀 아닌 비밀이 되었다. 그렇다면 내가 그녀로부터 배워 발설하는 이 말들은, 이 언어들은 누가 쓰는 것인가? 엘렌 식수의 말대로 "버지니아 울프일까, 처녀일까^{virgin}, 늑대^{wolf}일까, 사자일까, 비단구렁이일까, 나일까, 내 어머니일까?"*

어머니는 삶의 공허를 일깨우는 질문으로 나에게 비수를 꽂고 내 몸에서 흘러나오는 피를 붓에 찍어 글을 쓰게 한다.

* 엘렌 식수 지음, 이혜인 옮김, 『아야이! 문학의 비명』, 워크룸프레스, 2022, 85쪽

글을 쓸 때는 나는 내가 아니게 된다. 글을 쓸 때의 나는 산 자와 죽은 자 사이에 놓인 영매의 심정이 된다. 누군가의 고통을 질료로 삼는다는 것은 끔찍한 일이다. 진실하지 않으면, 그 고통을 그대로 대변하지 않으면, 나는 상처나 고통을 전시하여 동정을 구하거나 피고름 나는 자기 상처를 핥고 또 핥는 무력한 변종이 될 것이기 때문이다. 그런데 한 사람의 고통을 대변한다는 것은 과연 가능하기나 한 일인가? 애초에 나는 불가능한 시도를 하고 있는 셈이다. 나는 끊임없이 미끄러지고 엎어지면서 앞으로 나간다. 마치 뱀이 기어가듯이. 뱀이 이 땅을 사랑해 대지를 기어가듯 나는 그녀를 사랑해 그녀를 위한 언어를 찾아 기어다닌다.

내가 책을 읽는 건, 보기 위해서예요. 삶의 반짝이는 고통을, 현실에서보다 더 잘 보기 위해서예요. 위안을 받자고 책을 읽는 게 아닙니다. 난 위로받을 길 없는 사람이니까. 무언가를 이해하려고 책을 읽는 것도 아니에요. 이해해야 할 건 하나도 없으니까. 내가 책을 읽는 건 내 삶 속에서 괴로워하는 생명을 보기 위해섭니다. 그저 보려는 겁니다.*

* 크리스티앙 보뱅 지음, 이창실 옮김, 「숨겨진 삶」, 『작은 파티 드레스』, 1984Books, 2021, 88쪽

나는 그녀의 폐허 위에 삶을 재건하려는 불가능한 꿈을 꾸었다. 내가 꾸는 꿈은 이승도 저승도 아닌 글쓰기라는 공간에서만 오직 가능하다. 나는 그녀의 고통을 여전히 이해하지 못한다. 다만 바라볼 뿐이다. 그녀가 살아 있다면, 내가 하려는 일들을 그녀는 어떻게 바라볼까. 제발 말하지 말아 달라고 그녀가 외치는 것만 같다. 멀리서 너울대는 파도의 물갈퀴는 나를 만류하려는 그녀의 손길이다. 밤이면 나를 압도하는 드넓은 바다의 파도 소리. 파도는 바다의 히스테리이자 신경증이다. 그러면서 더 먼 곳으로, 더 멀리 떠나라고 나를 종용하는 저 바다. 삶이 얼마나 거대하고 위대한 것인지, 바다는 말해준다. 멀리서 반짝이는 고기잡이배의 등불은 내가 유일하게 생생하게 맛보았던 누군가의 고통이다. 망망대해의 어둠 속에서 밤의 상처가 흘리는 불빛을 나는 바라본다. 어머니의 울음소리처럼, 손길처럼 바닷바람은 내 머리칼을 쓰다듬고 간다. 나는 당신의 고통을 바라보는 일밖에 할 수 없다고 말한다.

내가 당신의 고통을 통과한 뒤에는 무엇을 써야 하냐고 물었으나, 바다는 말이 없다. 바다와 하늘은 저 불빛들을 부드럽게 감싸고서 고통을 고통인 채 바라보라고 할 뿐이다. 나를 껴안고 사랑한다고 외쳤던 당신. 당신의 사랑한다는 말은 마치 비명과 같았다. 무엇이 당신에게 그 소리를 내도록 하게 만들었는지 나는 알지 못한다. 그것은 말이 아니라 '울음'이었다. 당신의 내장에서부터 토해져 나오는 마지막 외침이었다. 당신은 완전히 상실함으로써 완전한 사랑을 얻었다. 당신의 비명은 내 영혼에 뿌리 박혔고, 나는 그 소리의 울림을 여기에 적고 있기 때문이다.

나는 당신처럼 야생 노루, 늑대, 뱀, 개구리, 고라니, 다람쥐, 까치, 직박구리, 까마귀, 살쾡이, 멧돼지, 너구리, 반달곰, 부엉이, 민물송어, 달팽이, 벌, 나비, 떠돌이 개, 고양이, 왜가리, 두더지, 사막여우, 도마뱀, 낙타, 전갈, 돌고래, 거북이, 해파리, 바다표범, 남방큰돌고래, 귀신고래, 흰긴수염고래가 될 것이다. 당신은 도시, 산, 바다, 사막, 그 어디에도 있다. 내가 걷는 곳마다 당신이 있다. 그들이 새끼를 낳고 품었듯이 나는 당신을 낳고 품을 것이다. 당신의 부재 속에서 나는 당신을 더욱 선명히 느낀다. 당신의 고통은 더욱 생생하고 투명하게 내 안에서 작열한다. 그리고 나는 이제 '히스테리'라 불렸던 당신의 고통에 대해서, 나의 고통에 대해서, 여성의 고통에 대해서 말할 때가 됐음을 안다. 우리의 모든 고통이 자궁에서 연유한다는 이상하고 기이한 역사에 대해서.

자궁이 병들다

자궁내막증   자궁 내막을 형성하고 있는 조직이 자궁 밖에 위치하여 골반이나 골반 외부 다른 기관에서 성장하여 질환을 유발하는 상태. 월경통, 골반통, 장유착, 불임의 원인이 되기도 한다.

2022년 6월, 아랫배에 심각한 통증이 찾아왔다. 태어나서 처음 겪는 통증이었다. 식은땀이 나고 기절하기 직전의 상태가 30분간 지속되다가 통증이 사라졌다. 두 달 후 8월, 자궁 초음파로 왼쪽 난소에 1.5센티미터가량의 혹을 발견했다. 크기가 크지 않은 관계로 3개월간 지켜보기로 한 후 11월이 되어 다시 초음파를 받은 결과, 그사이 4.5센티미터로 자라 있었다. 의사는 커지는 속도가 빠르기 때문에 수술을 권유하였다. 의사의 소견서를 가지고 대학병원에 가서 진찰을 받은 결과 역시 같은 의견을 냈다.

나는 다른 여러 유경험자들의 후기나 영상을 찾아보았다. 그렇게 큰 수술은 아니라고 했다. 복강경 수술이 아닌 하이푸라는 화학적 시술 방법도 있었다. 그러나 이 시술은 보편적으로 행해지지 않고 있는 점이 못 미더웠기 때문에 나는 복강경 수술을 택했다. 수술과 입원에 필요한 준비물을 꼼꼼히 준비해서 2023년 1월 10일에 입원했다. 수술은 그다음 날 11일 오전이었다.

　수술에서 깨어난 직후의 상태는 매우 당황스러웠다. 피 주머니와 오줌 주머니를 이틀간 차고 있어야 했다. 피 주머니엔 피고름이 차올라 주기적으로 빼주고, 오줌 주머니에 고인 오줌은 통으로 흘려보냈다. 이 오줌통을 칠십 넘은 노구의 아버지가 비워야 했는데, 이것만큼 힘든 상황도 없었다. 도저히 지켜볼 수 없어 아버지를 이틀 만에 병원에서 보내드리고 나머지 이틀은 혼자 지냈다. 1년 중 가장 추운 시기였고 겨울비가 자주 내렸다. 삼 일째부터는 병실 안을 왔다 갔다 할 수 있게 되어 조금씩 움직이면서 시집을 필사하거나 영화를 봤다.

　병실에 가만히 누워 있으면 생각이 많아졌다. 특히 회사를 언제 그만둘 것인가에 대해 깊이 생각해보았지만, 같은 고민만 반복될 뿐이었다. 편집자로서의 고민보다 조직 생활의 일원으로서 겪는 갈등이 나를 잠식하고 있었다. 생명적인 것과 아무 상관이 없는 상명하복의 조직문화가 일으키는 분노는 생각보다 거대한 것이었다. 거의 뜬눈으로 지새우다 보면 허기가 몰려오고 새벽 5시부터 간호사들이 혈압을 재고 채혈하고 청소 아주머니가 들어오기 때문에 잠을 깊이 잘 수가 없었다.

　오전 8시쯤엔 담당 의사가 회진을 돌며 잠시 들러서 내게

'자궁내막증'이란 병명을 알려주었다. 수술 전에는 '난소낭종'이란 진단을 받았는데, 복강경 수술로 자궁 밖 골반까지 자궁조직이 유착돼 있는 것이 발견되어 최종 진단은 자궁내막증이 되었다.

　1월 14일에 퇴원하면서 나는 산부인과 진료 방식이나 이런 치료 방식이 과연 옳은 것인가 하는 의문을 갖기 시작했다. 왜냐하면 담당 의사는 자궁내막증이 왜 걸리는지 정확한 원인은 알 수 없다 했고, 입원하는 동안에는 앞으로 어떻게 치료받으며 대비할지에 대한 설명을 전혀 듣지 못했기 때문이었다. 나는 자궁내막증이 정확히 뭔지 모른 채 의사의 지시만 기다리는 실험실 속 쥐가 된 기분이었다. 나는 이 병에 대해 인터넷이나 영상을 찾아보며 마음의 대비를 하기 시작했다. 대부분 호르몬 치료 부작용을 겪는 여성들의 후기였기 때문에 불안함은 더욱 커져갔다.

히스테리의 역사

히스테리 자궁을 뜻하는 고대 그리스어 '히스테라ύστέρα, Hystera'에서 유래되었다. 정신적·심리적 갈등에서 생겨나는 신경증의 한 형태로, 두통, 요통, 복통 같은 몸의 고통이 정신적 고통에서 기인한다는 신체형 통증 장애의 통칭이다.

수술로부터 2주가 경과된 후에 다시 병원에 방문했다. 수술실에서 장비로 촬영된 나의 난소 사진은 축축하게 녹아내린 화이트 초코볼 같았다. 그렇게 해서 나는 내 자궁과 난소의 '실존'을 눈으로 보게 되었다. 자궁은 나에게 처음으로 자신의 실체를 증명하려는 듯이 내 앞에 나타났다. 내 어머니도 자궁근종으로 수술을 받았던 그 신체 기관. 임신과 출산을 하지 않으면 암 덩어리처럼 몸속을 돌아다니며 '히스테리'를 유발한다고 간주되던 그 장기.

자궁이 몸속에서 이동한다는 설은 오래전부터 존재해왔다. 기원전 1900년경 이집트 문서 『카훈 파피루스*Kahun papyrus*』에는 "떨어지는 자궁, 돌아다니는 자궁"이란 용어가 나오는데, 자궁이 스스로의 욕망에 따라 움직임으로써 여성에게 질식, 생리통, 발작 등의 다양한 질환을 유발한다고 언급되어 있다.* 노처녀 히스테리의 기원이 된, 이 단어의 유래를 보면 여성의 몸과 정신이 3000년에 걸쳐 왜곡되어온 역사를 알 수 있다. 성적 관계에서 배제된 노처녀, 과부, 수녀 등 나이 든 여성의 신경증은 남녀 간의 원활한 성관계로 치유될 수 있다고 믿었다. 이를 기록으로 남긴 남성들은 주로 철학자, 의학자, 성직자였으며 이러한 믿음은 17세기까지 지속되었다.

나는 십 대 시절에 현진건의 소설 『B사감과 러브레터』를 읽으면서 나이 든 여성의 외모와 욕망이 조롱거리로 전락하는 모습을 보고 적잖은 충격을 받은 적이 있었다. 기숙사의 여학생들을 억압하고 통제하는 B사감의 모습은 전형적으로 '신경질적인' 여성이었고, 남성 작가에 의해 결혼 제도 밖으로 떨궈져 나간 잉여 인간 또는 '미친' 마녀로 비칠 뿐이었다. 나는 이 소설을 입시의 일환으로 교육받음으로써 소녀는 성년이 되면 반드시 결혼을 해야 하고, 남성의 선택을 받을 만한 젊음과 매력을 유지해야 하며, 그렇지 못한 여성은 조롱과 혐오의 대상이 될 수 있다는 두려움을 가지게 되었다. 나의 자궁은 이 오래된 문화 교육의 역사를 기억하고 있다.

의사는 나에게 자궁내막증이 생기는 경로 그리고 에스트

* [네이버 지식백과] 히스테리의 역사 1 - 히스테리, 자궁이 돌아다니는 병 (뜻밖의 세계사, 김지혜) https://terms.naver.com/entry.naver?docId=3576521&cid=59020&categoryId=59027 열람 일자: 2023.06.24.

로겐을 차단하여 폐경을 인위적으로 유도하는 호르몬 치료가 필요하다는 얘기를 했다. 작년 6월에 단 한 번 심각한 통증이 찾아온 걸 제외하고는 통증이나 생리불순도 없었고 일상생활에 아무 불편이 없었기에, 호르몬 치료로 인한 부작용을 받아들일 수 없었다. 그래서 나는 호르몬 치료를 원하지 않는다고 강하게 얘기했다. 의사는 차분하고 담담한 태도로 그렇다면 당분간 호르몬 치료는 하지 말고 주기적으로 관찰하면서 지켜보자고 했다.

그 후 한 번 칼을 댄 내 아랫배 속에 위치한 자궁과 난소는 작은 스트레스에도 자신의 존재를 나타내기 시작했다. 싸하고 미세하게 밀려오는 그 통증. 임신도 출산도 하지 않는 자궁은 나에게 '이제 나는 아무 쓸모 없는 것이냐'고 묻는다. 그것은 마치 자궁근종 수술 후 병실에 누워 있던 어머니의 모습과 같았다. 그녀의 몸은 내게 이렇게 묻고 있었다. '이렇게 늙은 내 몸은 이제 아무 쓸모 없는 것이냐.' 어머니의 자궁근종에서 나의 자궁내막증으로 이어지는 이 자궁 질환의 역사에 일련의 공통된 원인이 있을 수도 있다는 의문을 지울 수 없었다. 그것은 유전일까? 아니면 환경적 요인일까? 나는 이 질문에 대한 실마리를 미국의 여성건강전문의 크리스티안 노스럽의 책에서 찾아볼 수 있었다. 그에 따르면, 자궁근종은 유전될 수 있지만, 유전자적 요인의 표출

여부는 환경이 좌우한다고 하였다.*

자궁근종과 자궁내막증은 동시에 발생하는 경우가 빈번하기 때문에 자궁근종에 관한 설명은 자궁내막증에도 똑같이 적용될 수 있다. (…) 많은 여성이 자신의 가정이나 개인적인 삶에서 감정적으로 지지를 받지 못하고 있다. 내가 만난 자궁내막증을 가진 여성들 중에는 자기 자신을 무자비하게 외부 세상으로 몰아붙이고 있는 경우가 많았다. (…) 자궁근종은 또한 우리가 삶의 에너지를 주로 일이나 대인 관계와 같은 생명이 없는 목표에 쏟아부으며 살아갈 때 발생할 수 있다. (…) 자궁근종을 키우고 있는 여성이 많다는 사실은 우리 문화가 여성들의 창조 에너지를 차단하고 있다는 증거이기도 하다.**

어머니의 자궁 질환과 그것의 유전 여부를 알기 위해서는 우리가 여성으로서 노출되는 사회 환경적 조건을 전면적으로 재검토해볼 수밖에 없다. 나는 회사에서 충분히 능력을 보인 여성은 그것을 인정받고 사회적 보상이 따르리라는 확

---

*   크리스티안 노스럽 지음, 강현주 옮김, 『여성의 몸 여성의 지혜』, 한문화, 2000, 185쪽
** 같은 책, 173~182쪽

신을 가진 적이 있었다. 그러나 그 능력에는 경쟁 구도 속에서 살아남기 위한 사내 정치력도 포함되는 것이었다. 나는 그 경쟁 논리에 참여함으로써 불필요한 소모전을 벌이며 생존과 인정 투쟁을 벌이기에 바빴다. 서열에 따라 권력이 형성되는 이 구조는 누가 만들어낸 것일까. 여성은 자신이 원하든, 원하지 않든 생존을 위해 이 구조에 포획되어 상대적으로 낮은 지위와 임금 차별을 감수하며 커리어를 쌓아나간다.

어머니의 경우, 자궁근종 수술을 받고 6개월가량이 흐른 시점에 그와의 결별 후 자살했다는 관계가 성립된다. 나는 그 구체적인 행방과 맥락을 논리적으로 규명할 수 없으나, 이러한 의학 서적에 기반한다면 그녀의 자궁에도 억눌린 분노와 갈등의 에너지가 작용했을 것으로 보인다. 타인과의 관계에서 발생하는 모순된 문제, 채워지지 않는 욕망과 도덕적 불화가 어머니를 오랜 시간 짓눌러왔을 것이다. 그녀의 욕망이 분열된 것은 어머니와 아내로서의 윤리 때문이었다. 그러나 그녀는 말이 없기에, 이 모든 정황은 의심스러운 추측에 불과하다. 다만 나는 내가 그녀에게서 보았던 것을 단서로 삼아 끊임없이 묻고 또 묻는 수밖에 없다.

내 어머니의 정신질환은 무엇이라 명명해야 할까? 나는 그녀의 증상과 관련된 자료들을 찾아 읽기 시작했다. 어머니가 돌아가시기 전 4~5년간의 행동은 정신의학에서 설명하는 '히스테리'의 일부 특징을 보였다.

히스테리성 인격 장애:

감정 표현이 과장되고 주변의 시선을 받으려는 일관된 성격상이 특징인 인격 장애. 일반 인구의 2~3% 정도가 히스테리성 인격 장애라고 하며, 여성에게 더 흔하게 나타난다. 신체 증상의 호소, 알코올 남용 및 의존과 관련되어 있다.*

외향적인 성격의 어머니. 친구가 많았던 어머니. 사람들에게 다정다감했던 어머니. 타인의 시선과 평가에 지나치게 민감했던 어머니. 폭음을 하며 나락으로 떨어졌던 어머니. 지속적인 불면증. 수면제 복용. 산에 올라가서 밤이 될 때까지 술을 마시고 내게 전화했던 어머니. 술을 마시면 밤새도록 울었던 어머니.

히스테리는 그 원인이 자궁에서, 머리(뇌)와 신경체계로, 그리고 마음(정신)으로 변화해갔지만 결국 1952년 정확한

---

* 서울대학교병원 의학 정보 http://www.snuh.org/health/nMedInfo/nView.do?category=DIS&medid=AA000717 열람 일자: 2023.06.24.

발병 소인이 규명될 수 없다고 판정되어 『질병 표준 용어집 *Standard Nomenclature of Disease*』에서 삭제되면서 질병으로서의 지위를 상실했다. 현재 브리태니커 백과사전에서 히스테리는 "광범위하고 다양한 감각 및 운동장애, 마음의 동요를 일으키는 정신장애의 일종"으로, 『정신질환 진단 매뉴얼 *Mental Disorders Diagnostic manual*』에는 "분리성 장애"로 정의되어 있다.*

오늘날의 정신의학에서는 히스테리란 용어를 단독으로 사용하지 않고 있고, 히스테리성 인격 장애와 같이 용어의 일부로 차용돼 사용되고 있음을 알 수 있었다. 어머니가 사망하기 전 1개월간의 모습은 히스테리를 넘어선 그 무엇이었고, 더욱이 자궁과는 아무 관계가 없는 것이었다. 나 역시 어머니의 히스테리와 자궁 질환이 연관되어 있는 것은 아닐까 하는 의심을 품었지만, 그것은 오래된 자궁 수난의 역사에서 기인한 편견에 불과했다. 아이 셋을 낳은 어머니의 자궁은 아무 잘못이 없다. 자신의 욕망에 따라 사내와 몸을 섞은 것은 어머니의 의지였지, 자궁의 잘못이 아니다. 다만 자

---

* [네이버 지식백과] 히스테리의 역사 1 – 히스테리, 자궁이 돌아다니는 병 (뜻밖의 세계사, 김지혜) https://terms.naver.com/entry.naver?docId=3576521&cid=59020&categoryId=59027 열람 일자: 2023.06.24.

궁은 기억의 창고처럼 삶이라는 전장에서 싸운 투쟁의 결과를 보여줄 뿐이다.

여성의 자궁은 히스테리를 유발하거나, 성욕에 목말라 있는 기이한 신체 기관이 아니다. 중세 기독교에서 말하듯 악마와 몸을 섞는 육욕의 화신이 기거하는 기관도 아니다. 자궁은 몸속에서 방랑하지 않는다. 다만 정직히 우리 삶의 흔적을 보여줄 뿐이다. 방랑하는 것은 우리의 정신이다.

나는 다른 단계로 나아갈 필요를 느꼈다. 어머니가 애인과 헤어진 이후 히스테리성 신경증의 수준을 넘어서 심각한 피해망상을 보이기 시작한 그 1개월간의 행적에서 그녀의 증상과 조현병이 겹치는 지점이 있는지 찾아봐야만 했다.

'말할 수 없음'에 대하여 쓰기

조현병 인간의 정신에 일어나는 사고와 감각의 지각 변동. 제2의 자아에 의한 지배로 생각의 홍수가 일어나고, 모든 감각이 예민해지며, 내면의 통합된 자아에 폭격이 가해진다. 망상, 환청, 환각, 사고 장애, 행동 이상 등 외부로 표출되는 질환자의 증상은 제3자에게 공포의 대상이자 낙인의 원인이 된다. 그러나 이 질환은 내면의 격렬한 진실에 의해 붕괴된 자아의 슬픈 비명이자 상실이며, 환자의 내면에 들어온 또 다른 현실이다.

어머니의 정신 '줄'이 끊어졌을 때 보였던 망상, 과잉 행동, 비논리적인 언어, 성에 대한 집착 들은 어머니가 스스로 자신을 상실하기 위해 삶으로부터 이탈하려는 것처럼 보였다. 나는 정신과 전문의도, 심리학자도 아니기에 그녀의 질환을 규명하려는 이러한 시도가 얼마나 위험하고 무모하고 쓸모없는 짓인지 알고 있다. 나는 그녀를 '진단'하려는 것이 아니다. '이해'하려고 하는 것이다. 내가 동원할 수 있는 세상의 모든 언어들을 동원하여 질서정연한 언어의 포획망 안에 그녀의 작은 조각들을 수거해 그 형상을 복원하려는 것이다. 하지만 그런 시도를 반복할수록 혼란과 무질서함은 더욱 커져 나는 더 깊은 미궁에 빠져들기 일쑤였다.

나는 미국정신의학협회에서 제시한 DSM-5의 조현병 진단 기준을 유심히 들여다보았다.

A. 다음 중 2가지 이상의 증상이 한 달 동안 혹은 상당 시

간 동안 존재해야 한다.

(1) 망상

(2) 환각

(3) 와해된 언어

(4) 긴장증 또는 명백하게 비정상적인 정신운동 행동

(5) '음성' 증상, 즉 억제된 정동, 비사회성*

B. 업무, 대인 관계, 자기를 돌보는 기능의 상당한 저하.

C. 성공적으로 치료하지 못한 경우 활성기 증상(A 범주)이 최소한 1개월 지속되거나, 모든 증상(전구기, 활성기, 잔류기)이 최소한 6개월 지속됨.

D. 조현 정동 장애의 기준과 물질 남용으로 초래된 정신증 증상들에 해당하지 않을 것.*

이 기준에 따르면 어머니는 세 가지가 해당됐고(망상, 와

---

* E. 풀러 토리 지음, 정지인 옮김, 권준수 감수, 『조현병의 모든 것』, 심심, 2021, 107쪽

해된 언어, 비정상적인 정신운동 행동), 모든 대인 관계에서
정상적인 의사소통이 불가능한 정도에 이르러 사회적 기능
또한 상실한 상태였다. 그러나 조현병은 초기 단계에서 확
실히 진단하기 어려운 편이며, 모든 증상이 최소 6개월 동
안 있어야 한다는 내용을 보건대, 내 어머니를 조현병으로
판단하는 것은 섣부른 행동이다.

단기간이지만 조현병과 유사한 증상이 나타난 사람에게
무차별적으로 진단해서는 안 된다. 하지만 과거에는 그런 일
이 자주 있었다. DSM-5는 조현병 유사 증상을 6개월 미만
으로 겪은 사람들에게는 조현 양상 장애schizophreniform disorder
라는 진단명을 사용하도록 권고한다. 지속 기간이 한 달 이
하라면 단기 정신증적 장애brief psychotic disorder라는 진단명을
사용한다.*

나의 어머니의 경우, 한 달여의 기간에 걸쳐 급속한 악화
증세를 보이다 옥상에서 투신하였기 때문에, 조현 양상 장
애를 의심해볼 수 있다. 조현병의 예후에서는 가족들의 초
기 대처가 중요함을 강조하고 있다. 환자는 자신의 상태를

* 같은 책, 108쪽

인지하지 못하기 때문에 가족들이 이것을 '질환'으로 인정하고 공부해야 하며, 사회적 낙인과 수치와 비난이라는 재앙으로부터 생존하는 법을 스스로 공부해나가야 한다고 했다. 그러나 우리 가족은 이미 너무 늦었다. 아무런 조치도 취해보지 못한 채 어머니는 떠나버렸기에. 어머니는 우리를 기다려주지 않았다. 이를 두고 오빠가 농담을 한 적이 있다. "우리 엄마, 살아 있을 적에도 화끈하더니, 죽을 때도 화끈하게 가네."

어머니를 의사 앞에조차 데려가지 못했기 때문에, 이 모든 문헌 자료를 들춰보는 것이 얼마나 무의미하고 바보 같은 짓인지를 알고 있다. 그럼에도 나는 이런 언어들에 기대어서 어머니에게 왜 이러한 일이 일어났는가를 묻지 않을 수 없다. 조현병의 원인은 뇌 질환과 관련된 생리적 원인, 유전적 원인, 충격 및 스트레스 등 환경적 요인, 성장 환경, 사회문화적 상황 등 복합적으로 고려해야 한다고 하지만, 이 중에서 단 하나의 결정적인 단서도 찾을 수 없었다.

조현병을 이해하기 위해 일반인들이 조현병 증세를 체험하는 유튜브 영상을 찾아보았다. 솔직히 말해 나는 그 영상을 보고 모골이 송연해지면서 전율할 수밖에 없었다. 정말로 무서웠다. 조현병 환자에게 들리는 환청들은 나의 의식을 압도하기에 충분했다. 마치 귀신의 속삭임처럼 들렸기 때문이었다. 만약에 내 어머니 역시 이런 환청 증세에 시달린 채로 계속 살아 있었다면, 나는 어머니를 무서워하게 되고, 기피하게 될 것 같았다. 우리 사회가 정신질환 환자를 대하는 방식 그대로 나 역시 광인에 대한 두려움, 공포로부터 자유로울 수 없었다. 이 영상을 본 뒤로 며칠간 영상 속 속삭임이 귓전에서 맴돌았다. 그것은 아주 고통스러운 일이었다. 내 일상의 균형마저 무너지고 어그러질 위기감을 느꼈다. 그러나 어머니가 가족들이 자신을 해하려 한다는 환청을 듣고 음식에 독을 탔다는 자신만의 논리적 귀결에 따라 지속적으로 경찰과 구조대에 신고한 것이라면, 그때 그녀가 느꼈을 두려움과 공포를 나는 온전히 느끼고 받아들여야만 했다. 이미 우리를 휩쓸고 지나간 폭풍의 잔해 속에서 나는 그 유해들을 유심히 들여다보는 일이 잦아졌다. 그 유해들만이 내가 어머니를 이해할 유일한 단서들이기 때문이다.

　나는 어머니를 이대로 어둠 속에 내버려두어야 할지도 모른다는 두려움에 빠지게 되었다. 어머니는 그대로 밤의 침묵 속에 잠겨 있어야만 했다. 그 무력함이 나를 압도하는 밤이면, 나는 그 '말할 수 없음'에 대하여 '쓰기'로써 엄혹한 침묵의 시간을 건너가기로 했다.

여성의 광기는 어떻게 다루어지는가

미친 여성 여성이 문화·역사적 관습과 규율에 따라 자기희생의 길을 걷게 될 때, 자기 자신이 부정됨으로써 망상, 공격성, 성욕의 분출, 정서적인 변화들을 표출하는 것. 필리스 체슬러는 이를 두고 "여성이 성적·문화적으로 거세되는 강렬한 경험이며 힘을 향한 암울한 탐색"이자, "가부장제의 정신병원에서는 두려움의 대상이고 처벌의 대상"이 된다고 하였다.*

* 필리스 체슬러 지음, 임옥희 옮김, 『여성과 광기』, 위고, 2021, 147~148쪽

나는 어머니의 야망에 대해서 생각한다. 그리고 그 야망들이 어떻게 좌초되었는지에 대해서 생각한다. 그 좌절된 야망들이 어떻게 전이되고 왜곡되어갔는지 생각한다. 배움에 대한 그녀의 갈망이 자식들에게로 전이되었고, 우리들은 그녀의 경주마가 되어 대학의 문에 골인할 때까지 쉼 없이 달려야 했다. 나는 내가 한 번도 보지 못했던, 두 눈이 총명하게 반짝이던 십 대 시절의 어머니를 그려본다. 그 총기가, 그 꿈들이, 어찌해서 무너졌어야 했던 것인가를 생각하면 나는 간담이 서늘해진다. 어머니는 가부장제의 틀 안에서 한 치도 자유롭지 못했으니까. 가부장제의 규율에 따라 자신을 처벌했으니까. 자신의 선택을 '죄'로서 간주하고, 단죄했으니까. 외도를 저지른 자신을 수치스러워했으니까. 우리 또한 그러한 어머니를 수치스러워했으니까. 무엇이 우리를 '수치'스럽게 하는가? 그 수치의 뿌리에 무엇이 있는가?

나는 어머니의 자살이 결코 정신 착란의 수렁에서 자행된 충동적 선택이라고 생각하지 않는다. 어머니의 의식이 분명 명료하게 깨어 있는 상태에서 선택한 것이라 생각한다. 혹자들은 아마도 나의 이런 주장이 얼마나 위험하고 비윤리적인지 말할 것이다. 그러나 이런 생각에 이르게 된 데에는 우리가 겪어온 시간에 비례하면서 더욱 분명해졌다. 어머니는 자신이 겪게 될 수모와 낙인으로부터 스스로를 보호하고, 가족들을 그 고통의 그림자에서 해방시킬 유일한 대책을 마련했을 뿐이었다. 이것이 어찌해서 광인의 충동적인 선택이라 할 수 있겠는가?

우리 가족이 수치스러워 한 것의 뿌리에는 조현병 환자와 그 가족이 겪게 될 박해에 대한 무지와 두려움과 공포가 있었다. 또한 우리 역시 조현병 환자에 대한 일반적·사회적 인식의 틀에서 한치도 벗어나 있지 않았다는 데 있다. 실상은 조현병 환자를 잠재적 범죄자로 간주하는 사회적 낙인과 차별, 강제 입원에 대한 사회적 논란이 계속되고 있으며, 환자에 대한 사회적 안전망이 미비하다. 한국의 강제 입원 규정에 해당했던 정신보건법 제24조는 2016년 9월 헌법불합치 판정을 받으며 사실상 폐지되었다. 이 조항은 개정안을 거쳐 강제 입원을 제한하고 환자에 대한 복지를 강화하는 쪽으로 보완되었다. 그러나 이 개정안은 강제 입원을 우회한 법안에 불과하며, 정신 질환자의 자해·타해 위협을 예방

하지 못한다는 부작용을 지적하는 비판이 있다.

이러한 개정의 노력에도 대중문화에 등장하는 '미친 여자'는 우리의 편견에서 조금도 자유롭지 못한 존재로 나타난다. 대중은 사회적 기능을 상실한 정신질환자에 대한 감금과 격리를 자연스럽게 받아들이고 의문을 제기하지 않는다. 2022년에 방영된 넷플릭스 드라마 〈더 글로리〉에서는 주인공 동은이 어머니 미희를 강제 입원시키는 장면이 나온다. 이 미희란 여성은 어머니로서의 사회적 역할을 거부하고 그 기능을 잃어버린 인물로 그려지며, 자의에 의한 거부든, 타의에 의한 상실이든, 모성적 역할을 하지 못하는 여성에 대한 윤리적 처단으로서 '강제 입원' 처리된다. 그 여성이 어떤 경위로 병들게 되었는가에 대한 서사는 베일에 가려진 채 그 존재가 지워진다. '미친 여자=악녀' 클리셰는 대중의 무의식 속에 미친 여성에 대한 공포와 편견을 조장한다.

한국 대중문화에서 미친 여성이 역사적 상처와 기억을 재현해내는 방식의 일환으로 등장하기도 한다. 최윤의 중편소설 「저기 소리 없이 한 점 꽃잎이 지고」를 원작으로 한 영화 〈꽃잎〉 속 정연이라는 소녀와 〈웰컴 투 동막골〉 속 여일이라는 소녀가 그 예다. 이들은 순수하고 무구한 존재로서 형상화되며, 역사적 상처의 고름을 그대로 받아내며 고통의 기억을 재구성하는 여성들이다. 〈꽃잎〉의 정연은 5·18이라는 역사적 범죄의 진실이 차단된 1980년대의 암울한 현실 속에서 학대와 방치, 감금, 폭력 속에 사라져가는 존재로, 〈웰컴투동막골〉의 여일은 한국전쟁이라는 이데올로기의 첨예한 대치 속에 군인의 총에 맞아 허망하게 희생되는 무구한 존재로 그려진다. 이들의 공통점은 타의에 의해 '여성적 힘'이 거세된, 무력화된 여성들로 그려진다는 점이다. 한국 대중문화 속 광기 어린 여성에 대한 묘사에는 폭력이 함께하는 경향을 보인다. 미친 여성은 이 폭력과 학대의 경험으로부터 자유로울 수 없도록 서사의 거미줄 속에 '감금'된다.

박경리의 장편소설 『표류도』에는 사생아를 홀로 키우는 여성 '현희'와 미친 여성 '광희'가 나온다. 다방 마담인 현희는 자신에게 모욕적 언사를 한 남성 손님을 살해한 죄목으로 감옥에 갇힌다. 그 다방의 레지였던 '광희'는 남성 시인에게 버림받고 광녀가 된다. 이들은 감옥에서 다시 만난다. 감옥에 '갇힌' 여성이 '미친' 여성을 돌본다. 즉 질서의 바깥에 놓인 여성들이 서로가 서로를 거울처럼 대면해야 하는 상황이다. 결혼하지 않은 채 아이를 낳은 엘리트 여성으로서 사회적 배척 속에 직장에서 자리 잡지 못하고 낮에는 생계형 다방 마담을 하고, 밤에는 번역 일을 하는 현희라는 여성 또한 결혼의 질서 밖에 놓인 인물이다. 그녀는 숙명처럼 불륜의 상대자가 된다. 광희는 한 남성에게 버림받은 제 몸을 썩은 고기로 취급하며, 다방 레지에서, 매춘부로, 광인으로 전락해간다. 불륜을 저지른 현희는 스스로를 처벌하듯 범죄의 수렁에 빠지며 감옥에 스스로를 가두고, 낭만적 사랑의 환상을 가졌던 광희는 스스로를 단죄하듯 미쳐버린다.

광인은 일찍이 고대 그리스 비극 『오이디푸스』의 테이레시아스와 같이 예언자로 등장하며 영성을 지니고 미래를 예언하는 신비로운 존재로 그려졌다. 중세 유럽에서 미친 여성은 기독교의 교리에 따라 악마의 화신이자 신의 저주를 받은 '마녀'로 간주된다. 근대 시대로 접어들면서 광인은 감금과 격리의 대상이 되어 '관리'된다. 감옥과 정신병원은 가부장적 질서와 자본주의를 이탈한, 부의 생산에 기여하지 않는 인간들을 격리시켜 규제하는 근대적 억압의 산물이자 상징적 공간으로 기능한다. 제2차세계대전 이후 광인은 '정신 질환자'로서 '치료'의 대상으로 새롭게 정의된다. 20세기 이후 광인을 통제하고 관리할 기제로서 정신분석학과 정신의학은 중요한 이론적 기반이자 의료 제도의 기틀이 되었다.

앞서 이야기한 바와 같이, 21세기의 대한민국에서는 광인을 의료적 치료 대상으로 간주하는 대전제는 변함없이 이어지는 가운데, 치료의 대상에서 '복지의 대상'으로 논의를 확장하고 있는 중이다. 이러한 점진적 변화 속에 광인을 미친 사람의 카테고리에 집어넣는 전반적인 사회적 인식이 팽배함에도, 인간 정신이 보일 수 있는 하나의 스펙트럼으로서, 새로운 정체성으로서 의미를 부여하고, 정상과 비정상의 경계를 해체하려는 운동이 일어나고 있다.

매드 프라이드는 우리의 개인적 집단적 강점을 포함하는 매드 정체성, 매드 공동체, 매드 문화를 기념한다. 또한 매드 프라이드는 정신의학의 역사와 광기의 경험 속에서 우리가 느끼도록 강요받은 수치심과 맞서고, 정신 의료 제도와 사회의 여러 영역에서 우리가 마주하는 억압에 저항한다. 매드 프라이드는 우리를 비롯한 모든 사람들에게 광인인 우리 역시 다른 모든 사람들처럼 '있는 그대로의 우리 자신이 될 권리'를 가지고 있음을 상기시켜준다.

– 매드 프라이드 해밀턴*

이러한 광인의 역사 속에서, 나는 내 어머니의 위치를 다시금 생각해보게 되었다. 내 어머니라는 한 개인의 역사는 어떻게 의미를 획득할 수 있을까? 정신의학 자료를 들춰보

---

* 모하메드 아부엘레일 라셰드 지음, 송승연·유기훈 옮김, 『미쳤다는 것은 정체성이 될 수 있을까?』, 오월의봄, 2023, 73쪽

며 어머니의 경험을 '질환'의 영역에 위치시키는 지금까지의 일이 과연 온당한 일인가 하는 의문이 들기 시작했다. 내 어머니의 삶을, 사회적 낙인과 수치의 두려움 속에 자기희생과 자기파괴의 길을 걸어간 한 여성의 비극적인 생애로 보는 것이 과연 정당한 일인가? 어떻게 하면 어머니의 삶을 '있는 그대로의 한 인간'으로서 재건할 수 있는가?

나는 이제 그녀에 관해서는 차라리 아무 말도 하지 않음으로써 침묵하는 것만이 그녀를 손상시키지 않고 온전히 기억할 수 있는 길인지도 모른다는 체념을 하게 되었다. 그럼에도 나는 어째서 이 작업을 놓지 않는 것일까? 무엇이 나로 하여금 계속 이야기하도록 하는 것일까? 어째서 나는 침묵의 심연에서 걸어 나오길 원할까? 나의 글은 어디로 향하게 될까?

비탄의 연대자

자살 살고자 하는 의지와 구조에의 희망을 자기파괴의 방법으로 드러내는 행위. 자신을 죽음에 내던짐으로써 극렬히 거부하고자 하는 것을 밝히는 행동. 이 행위의 정체는 사회문화적 환경과 연루돼 있다. 그런 의미에서 자살은 개인의 문제로만 환원할 수 없는 정치적인 선택일 수 있다. 그러나 자기 보존 욕구에 반하는 죽음 충동이 인간의 어떠한 속성임을 배제할 수 없다.

나는 자살을 미화하거나 옹호할 생각은 없다. 다만 자살 유가족, 자살 생존자라는 천형 속에서 끝없는 질문의 미궁에 살아야 하는 내 역할을 생각할 뿐이다. 즉 내 혈족, 내 어머니, 내 어머니의 여성성이 처했던 사회·문화적 상황을 조망하고, 자살이라는 선택마저도 이해하고자 하며, 여성으로서의 조건을 명확히 인식하고자 함이다.

내 어머니는 옥상에서 뛰어내린 순간, 더 이상 누구의 어머니도, 아내도, 딸도, 며느리도 아니게 되었다. 그녀는 그녀 자체로 온전한 '자신'이 되었다. 그녀는 패배함으로써 패배자가 아니게 되었다. 그녀는 '갇히기'를 '거부'한 것이기에. 이러한 선택을 옹호하는 것은 위험천만한 것이며 비윤리적인 일임을 알고 있다. 다만 이러한 선택 또한 존중받아 마땅함을 나는 이야기하고자 한다. 자살은 더 이상 숨겨야할 수치스러운 죽음의 영역이 아니다. 오히려 자살은 기꺼이 양지로 끌어내어 활발히 논의되어야 하는 영역이다. 나는 이제 침묵하기를 거부하고 이야기해야만 한다.

우리 어머니들, 할머니들, 증조·고조할머니들은 우리가 패배했거나 혹은 결코 싸워본 적도 없는 전쟁이 무엇이었는지, 우리의 패배가 얼마나 전면적이었는지, 종교와 광기와 불감증에 대해 우리가 얼마나 애통해야 하는지에 대해 왜 우리가 이해할 만하게 말해주지 않았을까?

우리 어머니들은 강간과 근친상간과 매춘과 우리 자신을 위한 쾌락의 부재 등에 관해 왜 그토록 침묵했을까? 우리 어머니들은 그렇게 많은 단어들을 가지고 있었으면서 왜 우리에게 여주인공을 말해주지 않았으며 페미니스트들과 여성참정권론자들과 아마존과 위대한 어머니들에 관해 말해주지 않았을까?*

나는 내 어머니가 자신이 미쳐가고 있음을 나에게 충분히 알려주었다고 생각한다. 나는 그 앞에서 당황하고, 무지하고, 무력하며, 공감하지 못한 한 사람이었을 뿐이다. 그녀가 아니었다면, 나는 여성의 광기에 대해서 전혀 알려 하지도, 이해하려 하지도 않았을 것이다. 그녀에 대한 완전한 이

---

* 필리스 체슬러 지음, 임옥희 옮김, 『여성과 광기』, 위고, 2021, 441쪽

해에 이르는 길은 불가능함에도 그것을 인정하고 체념한 채로 이해하려는 시도를 멈추지 않는 것이다. 나의 공부는 일종의 참회 행위와 같다. 참회해서 신에게 용서받고자 함이 아니다. 어머니와 함께 기꺼이 지하의 세계로 내려가려는 것이다. 비탄의 연대자가 되어 그녀와 함께 지옥에 있으려는 것이다. 그 애통한 세계에서 나는 변화를 모색하는 것이다. 여성이 살아 나갈 수 있는 길, 여성이 다시 삶으로 돌아올 수 있는 길, 여성이 자기 길을 인식할 수 있는 길을.

끊임없이 되돌아오는 여자

여성적 들림　청각을 통해 어떤 소리가 '들리는' 상태, 아래에서 위로 '들어 올려'지는 상태, 병에 '걸리거나' 귀신이나 넋에 '덮쳐짐'을 당하는 상태. 죽은 자의 언어를 듣고, 기억하고, 재현함으로써 자아의 경계가 물처럼 흐르며 타인의 경계로 넘어가는 상태. 자아의 사라짐과 죽음, 재생이라는 일련의 과정.

내 어머니는 정말 '미쳤던' 것일까? 내 어머니에게 '정신병'이란 질환의 잣대를 들이미는 것이 과연 온당한 일인가? 나는 다시 원점으로 돌아가 질문한다. 정신분석학이나 정신의학은 인간의 정신을 진단하고 해부하고 분류하며, 치료자 대 환자라는 이분법으로 나뉜 세계라는 의심을 지울 수 없었다. 그렇다면 어머니가 보였던 마지막 그 한 달간의 모습과 행적은 도대체 어떻게 바라봐야 하는 것일까? 어떻게 이해해야 하는 것일까? 나는 또다시 불가능한 질문을 던진다. 그녀를 온전하게 이해하는 것은 불가능한 일일지도 모른다. 이런 의심 속에 나는 또 다른 언어들을 찾아 헤맨다.

나는 그녀를 이해하기 위해서는 로고스(이성)의 언어가 아닌, 자연과 동물의 언어가 필요하다는 생각에 이르게 되었다. 나는 그녀와 같이 죽음의 세계로 들어서야 했다. 마치 바리데기처럼 죽음의 강을 건너 이승과 저승의 세계를 넘나들어야만 했다. 무당들의 무가로 전승되던 바리데기 서사는 일찍이 김혜순 시인이 시 속에서 구현한 죽음의 언어들로 되살아났다. 산 자가 쓴 죽은 자의 언어. 이승과 저승이라는 이분법의 세계가 아닌, 삶과 죽음을 순환하는, 끊임없이 되돌아오는 자의 언어.

나는 여성의 시적 발화를 '들림'이라고도 불렀는데, 이것은 여성적 들림이 여성이라는 이유로 거절, 버려짐, 죽음을 당해본 경험의 집적 속에서 터져나온 하나의 다른, 언어를 넘어선 목소리이기 때문이었다. 이 목소리의 형식은 무너짐, 부숨, 흘러내림 같은 '물의 움직임'을 닮은 투명하고 둥글며 물렁물렁한 구축이다. 들림의 고통만큼 큰 것은 없다. 우주와 같은 것이 들어와 신체화되는 고통은 사람이 짐승(몸)이 되는 고통만큼이나 힘들다. 이렇게 '여성적 들림'으로 여성은 다른 방식의 발화자가 된다.* (밑줄 필자)

짐승이 되어 쓰레기 더미를 뒤지던 내 어머니. 그 쓰레기들 속에서 집문서를 찾아야 한다고 외치던 내 어머니. 가족들에게서 살해 위협을 느끼던 내 어머니. 한 치의 망설임도

---

* 김혜순 지음, 『여성이 글을 쓴다는 것은: 연인, 환자, 시인 그리고 너』, 문학동네, 2022, 12쪽

없이 새처럼 허공으로 몸을 내던진 내 어머니. 자신의 육체를 하나의 거죽처럼 내버린 내 어머니. 나는 당신과 함께 죽지 않으면, 결코 당신을 이해할 수 없음을 알게 되었다. 이것은 글을 쓰는 사람의 딜레마다. 당신을 이해하기 위해서 글을 쓰기 시작했는데, 당신을 이해하려면 '죽어야'만 한다는 것. 그리고 그 죽음이란 김혜순 시인이 말하는 위의 문장처럼 일종의 '들림' 상태로 넘어가는 것이다. 나 또한 짐승이 되고, 자연이 되어, 언어를 넘어선 '들림'의 세계로, 그 깊은 침묵의 세계로 들어섰다가 '되돌아와야' 하는 것이다. 마치 바리데기의 여행처럼.

어머니는 돌아가시기 전 마지막 한 달 동안, 자신의 아들에게 수십 통의 문자를 보냈다. 오빠는 그 문자 내용을 끝끝내 아무에게도 공개하지 않았다. 기독교인인 오빠의 입장에서 어머니가 보내온 그 문자들은 비속하고 비천한, 성욕에 굶주린 여성의 난잡한 언어였다. "차마 입에 담을 수 없는 온갖 성적인 표현들로 난무했다"라는 오빠의 발언 속에 나는 그저 그 마지막 말들을 추측할 뿐이었다. 논리성을 상실한, 오로지 욕망으로 들끓으며, 비탄에 잠긴 여성이 내뱉을 수 있는 말들은 진창에 빠져 허우적대는 언어들의 혼돈뿐이었다. 나는 그 언어들을 논리적으로 규명하고자 하는 시도 자체가 무의미함을 알았다. 그 말들의 수수께끼를 가지고 나 또한 그 비논리성의 세계로 들어서지 않는 한, 나는 아무 것도 이해하지 못할 것이다. 이해하는 것은 불가능하며 내가 '그녀 자신'이 되어야만 하는 것이다.

'나'는 더 이상 내가 아니게 되었다. 그리해서 나는 타자이자, 나의 어머니이자, 여성이 되었다. 나는 죽고, 당신을 낳는 것. 그 모성의 언어가 당신을 되살릴 것임을 나는 안다. 저승의 세계에서 영약을 구해 돌아온 바리데기처럼 나는 언어의 영약을 구해 당신을 되살릴 것이다. 그 언어가 얼마나 미약한 인간의 도구인지 아는 데에서부터 시작하는 것이다. 그 한계의 실감 속에서 당신이 느낀 그 비통의 결속자가 될 것이다. 당신이 품은 그 욕망의 은밀한 공모자가 될 것이다.

자궁, 영혼들의 영토

여성적 기억의 장소　자궁의 또 다른 말. 뇌와 심장은 인간을 포괄하지만, 자궁은 모든 '여성적임'을 포괄한다. 여성의 삶의 흔적이 집적되며, 모든 성적 억압, 차별, 은폐의 역사를 품은 곳. 지구와 대지의 품으로 회귀하려는 의지의 장소.

나는 나의 자궁 질환에 대해서 주변에 얘기하기 시작했다. 놀랍게도 내가 이 얘기를 꺼내면 '나도 그런 수술을 한 적이 있다'고 답하는 여성들이 한둘이 아닌 것이었다. 친구와 아는 언니, 나와 같이 일한 작가, 디자이너들 모두 자궁과 난소 질환으로 수술을 받은 이력이 있었다. 그런 이유로 이 병이 매우 흔한 질병이고, 특별한 치료법이 있는 것도 아닌 만성 질병이라는 것에 대해 생각해보게 되었다. 흔하다는 말은 '아무것도 아니다'라는 말과 동의어가 아니다. 그럼에도 나와 같이 일했던 디자이너는 20대와 30대의 나이에 두 차례 복강경으로 난소낭종을 제거한 이력이 있었고, 자신의 질병에 대해 이렇게 말했다. "자궁에 생긴 여드름이라고 생각하면 아무것도 아니에요. 여드름도 완치하긴 어렵잖아요."

그녀의 말처럼 여성 질환이 아무것도 아니라고 해도 난소 질환은 우리의 일상적인 삶의 문제와 매우 깊은 연관을 지니고 있다. 특히 현대 의학과 대체 의학을 통합한 관점에서 여성 질환을 연구한 크리스티안 노스럽에 의하면, 난소낭종이 발생한 여성 중 왼쪽 난소에서 혹이 발견되는 비율이 높은데, 난소 왼쪽은 여성의 창조성, 예술성, 사색적인 면과 깊은 연관이 있다고 한다. 여성들이 사회생활을 하며 내면의 감정적 욕구를 억누르며 남성적 질서를 모방하거나, 인정을 갈망할 때 몸에서는 낭종이 생겨나기 시작한다.* 나와 내 친구, 아는 언니, 나와 같이 일한 동료들이 난소 질환을 갖게 된 데에는 나를 둘러싼 사람, 일, 사회 환경과 깊이 연루되어 있다. 난소가 난자라는 씨앗을 생산해내는 기관이라면, 자궁은 그 씨앗이 자라는 토양이다. 난소가 여성의 심오한 창조성을 품은 장소라면, 자궁은 그 창조성을 자라게 하는 자아와 꿈의 장소다. 자궁은 나의 정신과 영혼, 모든 신체 부위와 장기, 나를 둘러싼 인간, 환경, 사회와 총체적으로 관계를 맺는 살아 있는 기관이자 역사를 품은 장소다.

자궁은 또한 여성의 영혼을 품는 공간이다. 자궁은 영혼이라는 '알'을 품어 빛의 세상으로 내보내는 어둠의 동굴이다. 이를테면 이런 문장이 있다.

---

* 크리스티안 노스럽 지음, 강현주 옮김, 『여성의 몸 여성의 지혜』, 한문화, 2000, 201쪽

그것은 몰약*으로 자기가 품을 수 있는 만큼 큰 알을 만든다. 그런 다음 그것을 품어 옮길 수 있는지 보려고 시험한다. 그러고 나서 그것은 알을 비우고 그 안에 자기 아비를 누이고 구멍을 막는다. 아비가 든 알은 이전과 똑같은 무게가 나간다. 알을 막은 다음 그것은 이집트로 태양의 신전으로 알을 품고 간다.**

이는 불사조에 관한 고대 역사가 헤키타이오스의 묘사다. 아라비아에 살던 이 새는 500년마다 한 번씩 이집트로 날아가 알 속에 품은 제 아비를 신의 장소에 묻고 온다. 이는 상징적인 애도 행위다. 나의 자궁은 죽은 조직들을 피 흘려 빛의 세계로 내보내며, 죽은 영혼들을 품어 그것을 기억하는 구체적인 장소이다. 내 어머니의 심장과 뇌, 뼈, 피부, 머리칼, 손톱, 가슴, 거웃, 손과 팔, 다리, 냄새까지 구체적인 형상을 빚어내는 어둠의 공간이다. 나의 자궁은, 여성의 자궁은 임신과 출산 그리고 '혹'을 키우는 일만 하지 않는다. 그

---

* 감람과에 속하는 몰약나무의 껍질에 상처를 내어 흐르는 유액을 건조시켜 만든 약재. [한국민족문화대백과사전] https://encykorea.aks.ac.kr/Article/E0018762 열람 일자: 2024.04.16.
** 헤키타이오스의 문장을 인용한 다음의 책에서 재인용. 앤 카슨 지음, 윤경희 옮김, 『녹스』, 봄날의책, 2022

것은 피 흘리며 삶을 기억한다. 모든 여성적 기억과 상처를 품어낸다. 흘려보낼 한 방울의 피가 남아 있지 않을 때에도 그것은 기억하고 애도하며 어둠을 집어삼키며 앞으로 나아간다. 내 어머니의 영토. 밤의 평원. 불가능한 꿈과 도달할 수 없는 당신의 생애. 살아 있음의 상처. 살아 있는 물질로서 현존하는 그 장소.

그러니 의사들이여, 여성에게 자궁 적출을 권유할 때는 신중하고 또 신중해주시기를.

알을 품은 새를 함부로 다룰 수 없듯이 그것은 우리의 환희, 기쁨, 슬픔, 분노, 연민, 증오, 혐오, 질투, 환멸, 경멸, 부드러움, 망각, 아름다움, 비통, 열정, 탄식, 위선, 야망, 욕망, 소멸에의 꿈을 담은 그릇일지어니.

해진 신발마냥

내가 빈 들판을 헤맬 때[*]

비수 짧고 날카로운 칼날에 꽂혀 목이 꺾인 채 피 흘리는 닭의 목을 연상
시키는 것. 이 예리하게 빛나는 촉을 자기 삶에 꽂고 싶은 충동을 억누른
채 칼날을 벼릴 경우, 그것은 삶의 독이 되기도 하고 삶의 무기가 되기도
한다.

* 최승자 지음, 「청파동을 기억하는가」, 『이 時代의 사랑』, 문학과지성사,
1981

최승자의 시를 탐닉하던 이십 대의 나는 왜 그렇게 외롭고 서러웠을까. 그녀가 호기롭게 생을 향해 침을 탁, 하고 뱉는 것 같은 그 독기 어리고 처연한 말들은 왜 그렇게 비수처럼 꽂혀 왔을까.

선배가 죽은 것은 2005년 겨울이었다. 나는 휴학 중이었고 휴대전화를 정지시키고 학교 사람들과도 연락을 하지 않는 상태였다. 같은 학과 후배가 가까스로 우리 집의 전화번호를 알아내 전화를 걸어왔을 때 나는 진심으로 놀랐다. 그리고 그가 죽었다는 소식을 들은 나는 올 것이 왔구나, 하는 생각을 했다.

사인은 자살이었다. 그는 자취방에서 목을 맸다고 했다. 내가 장례식장에 도착했을 때, 나와 안면이 있었던 그의 친척 형이 뭐라 형언할 수 없는 눈빛으로 나를 바라보았다. 나는 그의 눈빛을 피하고 말았다. 학과 교수님과 대학원생들, 학부생들, 그의 친가족, 친척들 저마다 한구석씩 차지하고 앉아 그저 말없이 술을 마시거나 망연히 앉아 있었다.

입관하기 전에 그의 시신을 보러 들어갔다. 마른 장작처럼 딱딱하게 굳어버린 몸과 그의 얼굴. 나는 그 얼굴을 보고도 울음이 나오지 않았다. 화장터에서 그의 관이 불 속으로 들어갈 때도 울지 않았다. 그때 그 누구보다 슬프게 울던 한 여학생이 있었는데, 그 여학생의 옆에는 그녀의 십 대 남자친구가 서 있었다.

선배, 나, 그 여학생. 우리는 삼각관계였고, 어느 날 내가 그의 자취방에 찾아갔다가 그 여학생이 그의 방 안에 있다는 것을 알게 됐다. 그 후 나는 그와 이별했다. 학교에도 나가지 않았고 두문불출하며 지냈다. 그 시기에 나는 한 번 자살 시도를 했다. 두어 달의 시간이 흐른 뒤 그의 부고를 전해 듣게 되었다. 스물네 살 무렵의 일이었다.

화장터에서부터 출발한 버스는 우리를 학교 앞에 내려주었고, 겨울의 흑석동 거리는 을씨년스러웠다. 나는 그 길로 친구의 집으로 가서 처음 소리 내어 울었다. 그리고 그곳에서 하룻밤을 머물렀다. 부모님이 있는 집으로는 돌아갈 수 없었다.

그 후로 나는 이십 대 후반이 되는 시기까지 끝없는 자살 충동에 시달렸다. 나는 그의 가족이 아니었고, 스쳐 간 연인이었기에, 나의 고통은 '말할 수 없는 것'이 되었다. 그러나 자살자의 주변에 남아 높은 확률로 죽음의 위험에 노출된 자들은 모두 '자살 생존자'의 범주에 속한다는 것을 알고 있다. 나는 죽음의 폭격에 의해 검게 그을렸고, 영혼의 피부가 벗겨졌으며, 죽음의 시한폭탄을 품은 불순한 피를 가진 자가 되었다. 우리는 누구나 죽지만, 자신의 의지로 생을 끊어버린 누군가를 목격한 순간, 생은 언제고 우리의 의지로 끊을 수 있으며, 죽음은 삶보다 더 가까운 것이 된다. 삶의 무게추가 죽음을 향해 급속하게 기울게 된다.

나는 그의 자취방 삼면을 둘러싸고 있던 책장을 떠올렸다. 그곳에 꽂혀 있던 무수한 책 중에서 그가 나에게 준 단한 권의 책이 알프레드 알바레즈의 『자살의 연구』였다는 사실을 떠올렸다. 그는 내가 최승자 시인의 시를 좋아한다는 것을 알고 있었기에, 그녀의 번역으로 소개된 이 책을 나에게 준 것이었을 수도 있다. 아니면 그는 오래전부터 자기 파괴적 열망에 매혹돼 있었으며, 자신이 죽음을 준비하고 있음을 내게 암시하고 있었는지도 모른다. 그 책은 나의 책장으로 옮겨 와서 이십 년 가까이 보관돼 있었으나, 감히 읽을 엄두를 내지 못했다. 그 책을 펼쳐 든 순간, 나는 그의 손길에, 죽음의 유혹에 걷잡을 수 없이 이끌려 들어갈 것이기 때문이었다.

이십 대 중반부터 후반까지 나는 입시학원에서 국어와 논술, 학습 교재를 만들며 시간을 보냈다. 나는 직업에 대해서는 아무런 야망도, 희망도, 꿈도 가지지 않았다. 그저 하루하루 먹고살아갈 뿐이었다. 그 속에서 불안한 연애에 골몰하면서 남자와의 사랑에 집착했다. 나는 언제나 사랑을 갈구했고, 내가 원하는 만큼의 사랑이 충족되지 않을 때 끝없는 나락으로 추락했다. 남자들을 버리기도 하고, 남자들에게 차이기도 하면서 살았다. 그것은 마치 오직 로맨스만이 나를 구원할 수 있다는 이상한 확신 속에서 전쟁을 치르듯이 해치워버린 연애들이었다.

학원가의 노동 환경은 열악한 것이었다. 선생님들은 수시로 교체됐고, 나 역시 언젠가는 교체될 인력 중 하나였다. 어떤 논술학원의 원장님은 독실한 기독교인이었기에, 나는 주말마다 그녀를 따라 교회에 가서 예배를 드리고 찬송가를 불렀다. 유명한 치킨 브랜드 기업 회장의 아들을 가르치기도 하고, 잠실의 주상복합 아파트에 대리석이 깔린 실내와 가사도우미가 있는 집의 어린 아들을 가르치면서 이십 대를 보냈다. 그 아들을 키우는 젊은 어머니의 발가락에는 언제나 진분홍색 패디큐어가 말끔하게 칠해져 있었다. 나는 그녀의 그 고운 발가락이 나의 어머니의 것과 상이한 것임을 깨달았다. 어머니도 이따금 매니큐어를 칠한 적이 있지만, 그것은 시장의 난전에서 천 원에 파는, 칠이 금세 벗겨지고 마는 싸구려 질감의 것이었다. 나는 언제나 자신을 가꾸고 싶어 하는 어머니의 욕망이 세련되지 못해 불만이었다. 그 세련됨의 기준이 어디서 연유하는지도 모르는 채, 나는 상위 계급의 부유한 부모님들에게서 받은 수업료로 삶을 지탱해나갔다. 이 시기에 내가 했던 유일한 반항은 수업 시간에 성적과 아무런 관련 없는 영화 〈반지의 제왕〉 이야기를 아이들에게 들려주던 일이었다. 아이들은 그런 이야기들을 무척이나 좋아하며 들었다. 나는 아이들의 셰에라자드가 되어 끊임없이 이어지는 환상적인 이야기의 세계로 도피했다. 그 무렵 나는 단편소설을 간간이 쓰면서 스스로 만들어낸 이야기의 세계로 도망치기도 했다. 그때 쓴 소설들은 어머니 살해, 교인들의 불륜과 사랑, 과외 수업을 하는 여성의 억눌린 성적 욕망, 어머니의 창녀적 속성, 학대받는 유기견과 소년의 이야기 같은 내용이었다. 나의 소설은 각종 문학 공모전과 신춘문예에서 번번이 낙방하곤 했다. 나는 실패하는 것이 익숙한 삶을 살게 되었다.

스물아홉 살, 나는 집을 나와 명륜동의 와룡산 밑자락에 있는 집에 세 들어 살면서, 한 남자와의 연애에서 또다시 미끄러지고 말았다. 그 시기에 나는 병원으로부터 불안 공황 장애 판정을 받고 치료 중에 있었다. 밤만 되면 호흡곤란을 일으키며 숨을 쉬지 못해 컥컥대면서 창문을 열어젖히지 못해 발버둥을 쳤다. 그것이 일종의 패닉 현상임을 정신과 의사의 설명을 듣고 알게 되었다. 나의 상담 치료를 맡았던 의사는 나에게 말했다. "당신이 가장 원하는 것을 해요." 내가 가장 원하는 것? 그때 내가 가장 원하는 것은 내가 태어난 곳으로부터, 내가 살던 이 땅에서 영원히, 최대한 멀리 '떠나는' 것이었다. 가장 멀리 떠나서 내가 갈망하던 장소에서 '죽는' 것이 내가 원하는 것이었다. 그래서 근무하던 학원을 그만두고 가진 돈을 모두 털어서 프랑스 파리로 갔다. 가방 속에 쓰던 소설 원고를 무슨 신줏단지처럼 품고 갔다. 완성시킬 의지가 없는데도 챙겨 간 것이 이상했다. 그보다도 나는 죽음에 대한 열망에 강하게 이끌리고 있었다.

2011년 1월, 나는 파리에 도착했다. 그곳에서 나는 처음으로 다시 태어나는 감각을 느끼게 되었다. 한밤중에 도착하여 날이 밝자마자 아침 8시경에 빵집으로 들어가 바게트를 사 먹었다. 처음 먹어보는 생경한 맛. 따뜻하고 구수하고 바삭거리는 그 맛. 파리가 내게 처음 선사한 살아 있는 감각이었다. 처음 2주간은 혼자서 이곳저곳을 배회했지만, 나는 오래전부터 만나길 고대해오던 '목수정 작가'를 실제로 만나게 되었다. 스물일곱 살 무렵에 그녀의 첫 책『뼛속까지 자유롭고 치맛속까지 정치적인』을 읽고 나는 놀라움을 금치 못했다. 나와 비슷한 종류의 사람을 발견한 기분이었다. 그 책을 읽고 그녀의 다른 책들까지 섭렵한 뒤 출판사에 전화해서 그녀의 이메일 주소를 알아냈다. 그렇게 그녀에게 띄우는 지난한 이메일 행렬이 시작됐다. 그녀는 나의 간절한 구애에 기꺼이 응답해줬다. 그렇게 주고받은 1년간의 서신의 결과, 나는 파리에서 그녀를 만나게 되었다.

'메르씨'란 이름의 카페에서 만난 그녀는 가냘팠고, 웃음소리가 하늘을 향해 치솟아 올랐고, 내가 꿈꾸던 작가의 모습을 가진 사람이었다. 그녀는 그 어디에도 거리낌이 없었고, 누구보다 자유로워 보였다. 나는 그녀로부터 '정서적이고 지적인 수혜'를 받았다. 아무 대가 없이 그녀로부터 받은 그 모든 따뜻한 호의가 나를 살렸다. 나는 파리의 완벽한 이방인이었음에도 그녀 덕에 파리의 일상에 깊숙이 스며들 수 있었다. 그녀의 딸 칼리를 데리러 함께 학교에 가기도 하고, 돌아오던 길에 향수 가게 앞에 진열된 마른 꽃잎을 칼리로부터 선물받기도 했다. 한인 유학생들과 이민자들을 만나 식사를 하며 깊은 대화를 나누기도 하고, 전시회에 초대받아 가기도 했다.

그녀는 내가 사랑으로 인해 급변하는 모습을 지켜본 당사자이기도 하다. 그곳에서 나는 프랑스 남자 '이고르'를 만났기 때문이다. 엄밀히 말해 그는 러시아계 프랑스인이었다. 파리지앵이 아닌, 파리 외곽에 사는 공대 출신의 너드 느낌이 물씬 나는 남자였다. 이고르는 내가 가고 싶어 하는 어느 곳이든 안내해주었다. 죽고 싶어 했던 나는 페르 라셰즈나 반고흐의 묘지를 찾아다니고 있었다. 이고르는 몽파르나스 묘지의 어지러운 지도 위에서 사르트르와 마르그리트 뒤라스, 보들레르의 묘지를 찾아주었다. 그런 그를 만나면서 내가 변했다고 목수정 작가는 말해줬다. 나는 그녀와 그의 동네 친구인 소설가와 함께하는 점심 식사 자리에 이고르를 데려가 소개시켜주었다. 나는 이고르로 인해 '사랑'으로 완전히 '차오른다'는 것이 무엇인지 알게 되었다. 그 모든 과정을 목수정 작가가 지켜보면서 나에게 이렇게 말했다. "당신은 처음에 어딘가 비틀려 있고 억눌려 있었는데, 그를 만난 이후 물기 오른 꽃잎처럼 피어올랐어요." 나는 사랑에 취해 있었는데, 그 어느 날 밤에 서울에서 한 통의 문자가 당도했다. "우리 딸, 생일이구나. 네가 그토록 먼 곳에 있다는 게 나는 실감이 안 나. 그치만 나는 널 사랑해." 어머니의 문자였다. 그 문자는 어머니가 '언어'의 형태로 사랑을 고백하는 마지막 말들이었다. 나는 그 이후로도 그 이전에도 어머니에게서 그런 '명료한 사랑'의 고백을 받아본 적이 없다.

한국에 돌아온 뒤로 나는 이고르를 더 이상 만나지 못하게 되었지만, 완전히 다른 사람이 되어 있었다. 나는 사랑으로 새롭게 차올랐기 때문에 무엇이든 새로 시작할 용기를 가지게 되었다. 나는 작가가 되어서 목수정 작가를 다시 찾아가리라, 하고 마음먹었다. 어느 대학의 문예 창작교실에 들어가 유명한 소설가의 수업을 들었다. 수업은 뒷전이고 술만 열심히 마셨기에 거기서도 별다른 두각이나 성과를 내지 못했다. 나는 늘 글쓰기를 열망해왔지만, 글을 통해서 내가 가진 사랑에 대한 갈망을 해소하려던 욕망이 더 컸기에, 글보다는 욕망에 저당 잡힌 시기를 보냈다. 그 후로도 멀고 험난한 작가의 길은 여전히 당도하지 못한 채로 오리무중의 삼십 대를 맞이했다. 나는 작가가 되려는 생각은 고이 접어둔 채, 그 작가들을 가장 가까이에서 지켜보는 출판사 편집자의 길을 걷게 되었다.

그토록 불완전했고 불안한 시기를 건너왔기에, 그 시간의 나는 누구였고, 과거를 들여다보고 있는 현재의 나는 누구인가 생각해본다. 이제 나는 과거에서 완벽히 벗어났으며, 더 이상 그때의 내가 아니라고 자부하던 때도 있었다. 그러나 나는 단 한 번이라도 연인의 자살 사건이 내 인생에 어떤 영향을 미쳤으며 어떻게 그 시간을 걸어 나왔는가를 차분하게 말해본 적이 있었던가?

그의 죽음, 그리고 그 후로 내가 만난 남자들, 그리고 어머니, 어머니의 남자 그리고 어머니의 죽음. 마치 업보인 것처럼 돌고 도는 윤회의 수레바퀴. 나는 한때 나를 둘러싼 사람들은 왜 이토록 불행한가에 몰두한 적이 있었다. 그들 때문에 나 역시 결코 행복해질 수 없을 거라 생각하던 때도 있었다. '불확실한 희망보다 확실한 절망을 믿겠다'던 최승자 시인의 시에 나는 매료될 수밖에 없었다.

언제나 내 꿈을 짓밟아오기만 한 인생아, 마지막으로 한 판만 재밌게 풀려줄래? 그러면 그다음에 내가 고이 죽어줄게. 꽃처럼 피어나는 모가지는 아니지만, 고이 꺾어 네 발밑에 바칠게. 이번에도 네가 잘 풀려주지 않으면 내가 먼저 깽판을 쳐버릴 거야. 신발짝을 벗어서 네 면상을 딱 때려줄 거야. 그리고 절대로 고이 죽어주지 않을 거야.*

풀리지 않는 자기 인생에 대한 오기. 그 오기는 자신을 무서운 힘으로 삶 위로 떠오르게 하지만, 삶의 밑바닥으로 처박기도 한다. 이십 대의 내가 한국에서 경험한 연애 경험은 자폭과 살의와 자기파괴의 유혹에 던져놓곤 했기에, 나에게 사랑의 경험은 곧 '죽음'과 연루되는 '위험한' 것이었다. 내가 서른일곱 살이 되던 해, 어머니를 죽음에 이르게 한 남자

* 최승자 지음, 『한 게으른 시인의 이야기』, 난다, 2021, 27쪽

에 대한 분노가 남성 전체에 대한 불신으로 번져갔다. 그들에 대한 불신이 내 인생 전체에 대한 불신에 이르게 된 마흔살 무렵, 나의 자궁은 병들기 시작했다. 무엇보다 억눌러놓았던 글쓰기에 대한 욕구가 짓눌리다 못해 고름이 나고 진물이 나고 있는 것을 발견했다. 당시 내가 간간이 쓰던 일기들을 보면 마치 처음 글자를 배운 어린아이처럼 서툴고 단순한 단어들로만 채워져 있었다. 나에 대한 글을 쓰기라도 하면 더욱더 언어의 불구자가 된 듯한 심정이었다. 그때 나는 나의 자궁에 귀를 기울였다. 자궁은 이렇게 말했다.

"할 수 있는 한, 가능한 한 멀리 떠나자. 한 세기 전의 겨울로부터 이제 떠나자. 고비사막이나 광활한 산맥으로 뒤덮인, 때때로 굉음의 번개가 내려치는 들판으로 떠나자. 맨발에 파도와 모래가 와서 자신이 속살을 내맡기는 그곳으로든, 모래바람이 불어와 내 피부에 부딪히는 그곳으로든, 살아서 가능한 한 멀리 떠나자."

최승자 시인의 불온한 시에 감염된 나는 루머처럼 떠도는 그녀의 생사를 알기 위해 언론 기사를 찾아보곤 했다. 그녀가 살아 있다는 건 아직 삶의 투쟁이 끝나지 않았다는 희소식이었다. 시인은 20여 년간 조현병 치료를 받으며 지내다 2021년 『한 게으른 시인의 이야기』를 재출간했다. 출판사와 통화하며 "섞박지용 순무 써는 듯한 큼지막한 발음으로 시인의 말을 불러"주면서 "지나간 날들을 생각하자니 웃음이 쿡 난다"라고 말했다. 그녀는 길고 긴 침묵 속에서 단말마 같은 시들로 자신을 깊은 피로에 몰아넣었던 삶을 향해 비수를 꽂고 있었다. 나는 그 서슬 퍼런 시혼을 내 것으로 만들고 싶었다. 나는 풀리지 않는 인생을 향해 예리한 칼날을 벼리고 있었다. 그 독기가 나의 몸에, 나의 자궁에 안개처럼 퍼지기 시작했다.

우리의 영혼에 서리가 낄 만큼 추운 계절을 지날 때, 그 혼은 빈 들판을 헤매고 있겠지만 그 시절을 기록으로 남기고 침착히 바라보는 일, 그리고 그 세계에서 천천히 공을 들여 걸어 나오는 일, 그것이 우리가 할 수 있는 전부라고 생각한다. 그 춥고 아득하고 막막한 생의 한 시기를 빛이 들지 않는 곰팡이 낀 곳에 너무 오래 방치하지 말 것. 볕으로 꺼내어 이리저리 살피고 곰곰이 들여다본 후, 먼지를 탁탁 털어 양지에서 말려줄 것. 나의 자궁에 피가 고이지 않게 빛의 세계로 이끌어내는 일. 우리의 신체 기관은 결코 영혼의 일과 무관하지 않다. 영혼이 병들기 시작할 때, 우리의 몸 또한 병들기 시작한다. 나는 다시 글을 쓰기 시작함으로써 나의 병듦을 비로소 인식했으며, 그것으로부터 다시 출발하기로 했다. 아픈 몸과 영혼마저도 내 삶의 일부로 끌어안기 위해 나는 다시 한 글자, 한 글자 써 내려가기 시작했다.

영혼의 품위를 지키는 일

치욕 모멸과는 유의 관계이자, 수치·모욕을 아우르는 상위 개념. 나는 여기서 수치를 외부로부터 가해진 상처 입은 여성성의 의미에서 사용하였다면, 치욕은 여성성을 포함한 인간성 자체가 업신여김, 얕보임, 조롱, 억압 등을 겪을 때의 감정 상태로 사용한다.

자궁내막증 수술 후 약 한 달이 지났을 때, 수술을 받았던 병원에서 정기 검진을 했다. 결과는 정상이었다. 나는 검사 전까지 비교적 긴장해 있었지만, 설령 결과가 안 좋게 나왔다 하더라도 호르몬 치료는 계속해서 거부할 생각이었다. 네이버 카페에서 자궁 질환을 가진 여성들의 이야기를 읽었고, 나와 같은 자궁내막증 환자 여성들 몇몇 분들과는 서로 도움이 될 만한 정보를 주고받았다. 특히 이곳에 만난 한 여성은 자궁내막증이 두 번째 재발한 상황이었고, 자궁경부암까지 발견되어 병원에서 자궁 적출 수술을 권유받았다고 했다. 그녀는 40대였고, 미혼이었는데 병원에서 다른 치료 방법도 제시하지 않고 곧바로 적출 수술부터 권유받은 것에 적잖이 당황해 다른 병원의 의사들도 알아보는 중이라고 했다. 나는 내가 할 수 있는 한 도움을 주고 싶어 자궁 난소 보존 치료를 우선적으로 하고 있는 의사의 유튜브 영상을 찾아 공유해주었다. 그녀와 내가 공감한 부분은 의사에게 내 몸을 전적으로 내맡기기보다 우리가 의지를 가지고 나와 맞는 의사를 찾아야 하고, 이 질병에 대해 스스로 공부해야 한다는 것이었다. 그녀에게 차마 하지 못한 말들이 있는데, 자기 질병에 대해 공부하면 할수록 자기 몸과 마음의 소리가 들리기 시작한다는 것이다. 나는 조금만 더, 참을 수 있어, 아직은 아니야, 하면서 조직 생활을 버텨왔다. 그러나 내 몸과 마음이 더 이상 못 버틴다고 절규하고 있는 것을 나는 민감하게 포착해내지 못했다. 이 질병이 아니었다면 나는 내 몸이 내지르는 비명을 듣지 못했을 것이다. 그래서 이 질병은 내게 구원 신호를 보내러 온 귀한 손님이자 스승인 것이다.

문득 사무실에서 고개를 들고 주변을 돌아봤을 때 내 책상에는 서류 더미로 가득했고, 사람들은 침묵 속에서 일만 하고 있었다. 그리고 나는 생각했다. '여기는 카프카적인 악몽의 세계다.' 직장에서 모욕적인 일을 겪을 때 나는 허수경 시인의 말을 떠올렸다.

나는 치욕스러울 때면 언제나 꽃을 피웠지.[*]

나는 치욕스러울 때면 어머니를 생각했다. '나는 내 어머

[*] 허수경 지음, 『가기 전에 쓰는 글들』, 난다, 2019, 29쪽

니가 이 세계의 치욕을 견디며 키워낸 사람이다' 하고 중얼거려 보았다. 어머니는 자신의 결혼반지를 팔아 나를 대학에 보냈고, 나를 더 넓은 세상으로 내보냈다. 그녀가 열네 살의 나이에 홀로 집을 나왔을 때처럼 그녀가 삶에 대해 가졌던 열망이 나를 더 먼 곳으로, 더 넓은 곳으로 돛대를 펼치고 나아가게 한다. 그러므로 내가 세상의 치욕을 견디는 방법은 어머니를 떠올리는 것이었다. 어머니의 목숨을 담보로 지금의 내가 살아 있다. 그러므로 나는 치욕에 무너지는 사람이 되어서는 안 된다. 어떤 치욕은 우리 영혼의 품위를 시험한다. 그럴 때 자기 안에서 꽃을 피우는 것. 나를 살릴 그 꽃과 같은 존재의 기억들을 불러들이는 일. 그녀를 기억하는 일에서 나는 살아감의 상처에 연고를 바른다.

치욕을 이기는 건 사랑이다. 이제는 부재하는 존재에 대한 기억을 멈추지 않는 일은 사랑의 한 방식이다. 기억함으로써 생의 소멸에, 냉혹한 망각에, 삶의 치욕에 저항한다. 지금은 없는 어머니의 결혼반지, 그 작은 동그라미를 떠올리면 치욕도 삼켜진다. 응급실에서 차가운 알몸으로 식은 어머니는 금반지가 아닌 청동빛으로 바랜 싸구려 반지를 끼고 있었다. 그 싸구려 반지의 동그라미가, 그 마음이 나를 키워냈다. 어머니의 굳은 손가락에서 그 반지를 빼내던 날, 나는 영원히 그 동그라미를 사랑하게 되었다. 당신의 동그란 마음, 나를 바라보던 그 눈망울의 연민, 그것이 나를 살려낸다. 그 동글한 것들을 마음속에서 굴리며 나는 살아간다.

불확실의 바다를 건너는 법

울음통 우리의 존재가 하나의 악기가 되는 일. 소리로 울리고 퍼져 나감으로써 나의 존재가 세상으로 스미는 방식. 삶을 사랑할수록 울음의 깊은 길목을 형성하며 길고 낮은 소리를 내는 목관이 되는 일.

가까운 후배가 운영하는 요가센터에서 두 시간의 요가와 이십 분간의 명상을 했다. 스무 명 남짓한 사람들 속에서 나는 어떤 파동을 느꼈는데, 그것은 살아 있는 사람의 호흡으로부터 나오는 고유한 '파동들'이었다. 재활 요가를 주된 목표로 하고 있는 이곳에 모인 사람들은 모두 저마다의 질병과 아픔을 가지고 있었다. 우리는 서로에 대해 잘 알지 못하지만, 각자 자기 치유에 대한 의지를 지니고 모인 사이였다. 사람이 어떤 순수한 의지를 지니게 될 때 그 호흡이 자아내는 에너지의 파동이 나에게 고스란히 전해졌다. 그리고 내 호흡의 파동 역시 타인에게 어떤 식으로 전달되리라는 걸 알 수 있었다.

깊이 호흡을 들이마시고 오랫동안 내쉬는 일은 중요하다. 호흡하는 일은 우리 몸에 에너지를 생성하는 일이기 때문이다. 호흡이 불규칙할수록 몸속에 쌓인 이산화탄소는 원활하게 배출되지 않는다. 우리 몸 전체가 호흡 통이라고 생각해도 무방하다. 우리는 폐로만 호흡하는 것이 아니라 몸 전체로 호흡하기 때문이다.

잘 호흡하는 것만큼이나 중요한 것은 잘 '우는 일'이다. 내 몸이 거대한 울음통이 되는 것이다. 몸 전체가 거대한 울음통인 수컷 매미처럼 울음을 토해내면서 내가 여기에 있음을 인식하고, 제 존재를 알리는 것이다. 매미의 울음이 짝짓기를 위한 구애의 소리라면, 우리는 삶을 너무 사랑하기에 운다고 볼 수 있다. 울음을 통해 몸과 마음을 정화하고 계속해서 삶을 향해 구애하는 일. 한편 울지 못하는 암컷 매미는 이 땅의 울지 못하는 어머니들을 닮았다. 암컷 매미는 어두운 땅속에서 긴 시간을 보내고 세상에 나오자마자 교미 후 나뭇가지 속에 알을 낳고 생을 마감한다. 그렇게 태어난 알 속의 매미는 제 어미를 기억할까. 땅에는 죽은 것들의 잔해가 묻혀 있다. 그 죽은 것들이 그리워서 매미의 유충은 땅속으로 들어가는 것일까. 그 어둠 속에서 추위를 견디며 살아 있는 것들은 생명을 이어간다. 한여름의 작열하는 태양을, 생의 눈부신 환희를 그리워하면서.

오늘 하루에도 봄, 여름, 가을, 겨울 순환하는 계절이 있다. 자연의 리듬으로 매 순간 살아내며 자연의 리듬으로 하루를 살아내는 것. 그리고 나를 충분히 돌보고 계절의 냄새를 맡고 타인의 안부를 살피는 일.

나는 이 방황하는 섬을 타고

바다의 폭동과

산의 폭발을 무사히 넘기며 항해해 왔다.

조각조각 부서진 것은 그 하나로 합쳐진 존재의 비밀이었다.

그 가장 비천한 조각들로부터

태양이 탄생했다.*

일상이 비루하고 남루할지언정 그것을 살아낸 내 일상을 함부로 폄하하지 않는 일, 그 일상의 비천한 조각들이 모여 현재를 통과한 나는 다른 존재가 되어간다. 아침의 나는 오후와 저녁의 나를 통과해 밤의 내가 된다. 밤새 거친 땅을 떠돌던 영혼은 다른 존재로 태어나 아침의 빛을 맞이한다. 자신만의 고유한 리듬은 파동이 되고 에너지가 된다. 그리고 이 세계와 에너지를 교환한다. 그럼으로써 내가 이 세계와 우주의 일부라는 사실을 알게 된다.

믿어보자

추운 계절의 시작을

---

* 포루그 파로흐자드 지음, 신양섭 옮김, 「추운 계절의 시작을 믿어보자」, 『바람이 우리를 데려다주리라』, 문학의숲, 2012, 164~165쪽

상상 속 정원의 파멸을

게으르게 엎어져 있는 낫들과

감옥에 갇혀 있는 씨앗들을

보라, 얼마나 많은 눈이 내리는지*

우리는 현재라는 씨앗 속에서 다시 태어난다. 추위의 절
정은 나의 씨앗이 진창 속에 있거나 길거리의 오물 속에 갇
혀 있어도 내가 씨앗을 품은 존재임을 말해준다. 그 절정은
봄이 머지않았음을 예고한다. 계절은 흩어지는 눈발을 부수
며 돌아온다. 이 부서진 것들을 안고 우리는 다시 돌아온다.
캄캄하게 내리는 눈들 속에서, 이 헐벗은 계절을 뚫고.

* 「추운 계절의 시작을 믿어보자」, 같은 책, 174쪽

내가 가장 자유로웠을 때

자유 자기 스스로에게서 말미암는 것. 외부 세계의 구속에서 벗어난 상태에서 더 나아가, 자기 자신이 삶의 규칙이 되는 것. 내부에서 비롯된 명제에 따라 삶을 선택하고, 그에 따르는 책임을 감당하는 것.

자유에 대한 감각 회복하기. 단 한 번이라도 나 자신이 '자유롭다'라고 느끼고 생각한 적이 있었던가? 단 한 번도 그런 순간이 없었다고, 그래서 그것이 무엇인지 모르고, 실체도 감각도 없는 '관념'에 불과한 것이라고 말할 수도 있다. 자유라는 막연한 관념보다 억압과 침묵에 대한 기억, 참고 인내하고 견디는 일이 더 익숙하고 구체적으로 손에 잡히는 일 아닐까, 하고 생각한 적이 있었다. 나 역시 마흔두 살의 어느 지점을 통과하면서 자유가 무엇인지, 그것을 손에 잡으려면 어떻게 해야 하는 것인지에 대한 방향 감각을 완전히 잃은 시기가 불과 얼마 전까지만 해도 있었다. 그럼에도 누군가 나에게 당신이 가장 원하고, 갈망하는 것은 무엇이냐고 묻는다면 나는 '자유'라고 말할 것이 분명했다. 그렇지만 당신이 원하는 자유가 구체적으로 무엇이냐고 다시 묻는다면, 나는 섣불리 대답하지 못하고 망설일 것 또한 분명했다. 그러나 자유, 하면 역설적으로 내 몸에 새겨져 조각

나고 해체된 기억의 파편들이 떠오르는 것이었다. 이를테면 어린 시절 외갓집으로 가던 밤길에 우연히 피어나는 달맞이꽃을 봤을 때, 송아지를 따라 산속을 뛰어다닐 때, 한겨울 지푸라기 더미 속에 들어앉은 암캐와 그 새끼들 사이에 파고들어 서로의 체온과 온기를 나누었을 때, 친구들이 모두 떠난 놀이터 그네에 앉아 저녁노을을 발견했을 때, 리어카를 끌고 대학 교정 언덕길을 신나게 뛰어 내려올 때, 섭지코지에서 겨울바람을 맞으며 수평선을 바라볼 때, 태어나 처음으로 탄 비행기가 힘차게 이륙할 때, 벨기에의 어느 마을 성곽 위에서 붉어지는 태양을 바라보았을 때, 그때 사랑하는 이와 눈이 마주쳤을 때….

반대로 억압에 대한 감각도 내 안에 선명히 남아 있다. 영어 선생님의 강의가 귀에서 이명처럼 울리고 온몸이 간질거려 뛰쳐나가고 싶은데 입시 학원에서 붙박이처럼 앉아 있었을 때, 우유를 마시면 늘 배가 아픈데 배가 아프다고 말하지 못하고 수업이 끝날 때까지 참아야 했을 때, 삼촌들이 자신의 성기에 나의 손을 이끌어 주무르게 했을 때, 어머니에게 그 사실을 말하지 못했을 때, 골목길에서 한 남성이 갑자기 손을 뻗어 나의 가슴을 만지려 했을 때, 지하철에서 한 남성이 주머니에 손을 넣은 채 나의 허벅지를 더듬을 때, 그 사실을 바로 옆의 아버지에게 말하지 못했을 때, 바닷가로 놀러 가자던 학원 원장에게 강간을 당했을 때, 그가 나의 손에 오만 원권 몇 장을 주었을 때, 고기를 못 먹는데 회식 자리에서 사람들이 고기를 먹고 있을 때, 아침저녁으로 체중계에 오를 때….

나는 손에 잡히는 자유의 감각을 되찾고 싶을 때면, 그 모습에 가장 유사하게 다가간 여성 예술가나 작가들을 찾아다녔다. 미국의 화가 조지아 오키프는 말년에 뉴멕시코의 고스트 랜치에 정착해 살면서 사막과 꽃과 동물의 유골들을 그렸다. 흰머리를 정갈하게 틀어 올린 채 사막의 지평선을 바라보며 서 있는 그녀에게서 연인이었던 사진작가 스티글리츠의 누드 사진에 담겨 있는 젊은 시절 모습을 찾아보기란 어렵다. 그녀가 매일 바라보던 사막의 페더널산을 두고 나바호족 인디언들은 "대지와 시간을 상징하는 '변화시키는 여자'의 탄생지"*라고 말했다.

어떤 면에서 페더널은 오키프가 진정한 여자로, 독립적인 여자로, 대중이 그녀의 작품뿐 아니라 자신의 규칙에 따라 살기로 한 선택까지도 존중하는 여자로 태어나게 해주었다.**

* 헌터 드로호조스카필프 지음, 이화경 옮김, 『조지아 오키프 그리고 스티글리츠』, 민음사, 2008, 469쪽
** 같은 책, 469쪽

오키프가 이 황무지에서 얼마나 많은 색과 형태들을 발견했고, 얼마나 구체적이고 명징하게 자신만의 색 배합을 만들어냈는지를 살펴보면 나는 조금씩 알 것만 같았다. 그녀가 가리키는 손가락의 방향을 통해 내가 가야 할 지평선이 보이고, 삶에 대한 방향 감각을 되찾고 있는 나 자신을 발견하게 되는 것이다. 오키프는 우리가 숨기고 싶어 하고 수치스럽게 여기는 '여성성'을 붓꽃으로, 카라로, 양귀비로, 접시꽃으로 전면에 내세워 그렸다. 그것이 그녀가 가진 대담함이자 용기였다. 여성성은 가장 순수하고 단순화된 형태와 색의 조합으로 제시되었다. 그것은 어떤 윤리도, 가치도, 편견도 개입될 여지가 없는 '온전한 세계'일 뿐이었다.

시간과 돈으로부터의 자유를 얻는다면 그것으로 우리의 자유는 완성되는 것일까? 여기서 물리적 차원의 자유는 의식 차원의 자유로 나아가야 하지 않을까 생각해본다. 쇼펜하우어는 인간의 맹목적인 의지(욕망)는 지성으로 극복될 수 있고, 우리가 일상에서 추구해야 하는 것은 '(명랑한) 인격과 건강'뿐이라고 말했다. 특히 여성의 몸을 둘러싼 사회적 층위의 욕망들(아름다워야 하고, 늘씬해야 하고, 사랑스러워야 하고, 순결해야 하고, 일과 가정에 충실한 슈퍼 우먼이어야 하고…)은 우리의 몸을 강력히 통제하고 억압하는 기제로 작용한다. 이런 억압 기제는 결국 육체의 질병이나 마음의 질병으로 나타난다. 우울증, 불안장애, 폭식증, 거식증, 자궁 질환, 쇼핑중독, 연애중독, 운동중독 등등.

의식 차원의 자유로 가기 위해 우리는 우선 '말해야' 한다. 말함으로써 우리를 억압하는 것의 실체를 인식해야 한다. 말하지 못했던 것이 '무엇'인지 말함으로써 밖으로 드러내어 밝혀야 한다. 어떤 행위로든 표현하고, 그것을 공유해야 한다.

성공하느냐 못 하느냐는 관계없습니다. 그런 건 본질적인 문제가 아니죠. 내 안의 미지의 세계를 알리는 것, 그것이 중요합니다. (…) 그리고 그 미지의 것을 항상 저 너머에 두는 것이 중요해요. 인생의 비전을 좀 더 단순하고 투명하게 이해하고 구체화하면… 결국 희미하게 예감하는 것과 비교해 그것이 진부해지는 것만을 알아차릴 따름이지만… 그것을 이해하기 위해서는 늘 작업을 놓지 말아야 합니다.*

말하지 못하던 것을 말하는 데에는 용기가 필요하다. 상처를 전시하는 것이 아닌, 객관화하고 관찰하고, 기록할 때 우리는 비로소 자신의 병든 상태를 '인식'하기 시작한다. 자

* 같은 책, 312쪽

신의 아픔을 명료하게 인식하고, 설명하고, 표현할 수 있을 때 우리는 자기 자신을 이해할 수 있게 된다. 이해하기 시작하면 치유되기 시작한다. 치유된다는 것은 자신의 내부에 들어찬 슬픔의 덩어리를 낱낱이 풀어 헤치는 작업이다. 이 덩어리를 분해하고 해체하고 나면 나만의 '미지의 세계'가 드러난다. 이 과정을 통해 자신을 구체적으로 납득하기 시작할 때, 자신을 옥죄던 내부의 결박에서 풀려나 비로소 세상을 똑바로 바라볼 수 있다. 내 미지의 세계는 타인과 연결되는 통로가 된다. 그 통로에서 타인의 고통을 감지하는 민감한 촉수가 생성되기 시작한다. 이 통로의 존재가 선명해질수록 우리는 타인의 고통을 외면하지 않는 공동체적 감각을 살려낼 수 있게 된다. 다른 이의 목소리에 다가가기 위해 나의 목소리가 변화하기 시작한다. 이 세계를 향해 '열리는' 연결감 속에서 우리는 자유를 향한 느리지만 단단한 한 걸음을 내딛게 된다.

몸, 수치심과 욕망과
혼돈의 텍스트

부끄러움 여성이 자신의 몸을 '부끄럽게' 여긴다는 일은 이상한 일이다. 여성은 '여자'로 태어났을 뿐인데, 그 형태와 모양새를 가늠하고 평가하는 시선을 갖게 됨으로써 여성이 '되어'간다. 그 사회적 시선과 윤리 의식의 내재화가 여성의 부끄러움을 만들어낸다.

나는 어렸을 때 마루인형에 집착하는 아이였다. 일곱 살 무렵 경기를 일으켜 병원에 입원한 적이 있는데, 아버지는 내가 온종일 병실에서 마루인형을 가지고 혼잣말을 하면서 좀처럼 심심해하지도 않고 노는 모습이 신기했다고 한다. 나와 같은 반이었던 '말 못 하는' 친구가 나보다 예쁜 마루인형을 가지고 있었는데, 그 인형을 가지고 놀기 위해 그 아이의 집에 주기적으로 놀러 갔다. 나는 그 친구가 말을 할 줄 알지만, 어떤 연유에서인지 말을 하지 않는다는 것을 알고 있었다. 어떤 날은 그 인형을 내 옷 속에 몰래 숨긴 채 집으로 가지고 돌아와서 한동안 가지고 논 다음 다시 돌려다 놓기도 했다. 나는 그 친구가 그 사실을 알게 되더라도 아무에게도 말하지 않을 것이란 걸 알고 있었다. 인형은 내 분신과 같은 존재이기도 했고, 언제고 버리고 싶고 바꿔치기하고 싶은 존재이기도 했다. 어떤 날은 정성껏 옷을 입히고, 빗질을 하고, 머리를 땋아주고, 씻겨주었지만 또 어떤 날은

바닥에 패대기를 치기도 하고, 방구석 어딘가 처박아두기도
했다.

마루인형은 '마론인형'이란 명칭에서 유래한 것으로 보인
다. 마론이란 이름의 미스 유니버스의 명칭을 부여받은 인
형이 한국으로 유입되면서 '마루'로 변형되었다는 설이 있
다. 이 완벽하고 아름다운 금발의 플라스틱 인형은 한국 여
자아이의 손에 들어가서 애정과 혐오 사이를 전전하는 존재
가 되었다. 인형을 씻기려고 옷을 벗기면 봉긋하게 솟은 가
슴이 이상했다. 젖꼭지가 없었기 때문이다. 인형의 가슴은
딱딱했고, 허리는 잘록했고, 다리는 길고 가늘었다.

초경을 시작한 열네 살 무렵에 나는 더 이상 마루인형 따
위는 안중에도 없게 되었다. 대신 내 다리는 왜 길고 날씬하
지 않은지, 엉덩이는 왜 작고 봉긋하지 않고 오리 엉덩이 같
은지, 머리칼은 왜 가지런하지 못하고 쭉쭉 뻗치는지 등에
골몰하기 시작했다. 내가 중학교에 들어갈 무렵부터 부모님
의 수입이 안정되면서 우리는 각자 방을 가지게 되었고, 단
칸방에 모여 살던 때 주기적으로 나를 추행하던 삼촌들도
더 이상 찾아오지 않았다. 그렇지만 내 몸에서 피가 흘러나
오고 젖꼭지가 부풀어 오르고 가슴이 봉긋해지기 시작하면
서 그때 겪은 일들이 불러일으키는 알 수 없는 혼돈과 마주
하기 시작했다. 내 손에 닿던 그 뜨끈하고 축축하고 딱딱한

물체의 촉감이 내 뒤통수에 찰싹 달라붙어 밤마다 기어오르는 것 같았다. 밤에는 누군가 내 방에 들어와서 강간하지 않을까 하는 공포에 시달렸다. 그럴수록 나는 예쁘지 않은 내가 미웠고, 예쁜 여자애들을 보면 질투하면서 선망했다. 나는 내가 예쁘지 않은 것에 고민하다 밤늦은 시간에 청소년 상담 센터에 전화를 건 적이 있다. 그러면서 내가 털어놓은 고민은 이런 것이었다. "제 머리카락은 왜 이렇게 한쪽으로만 뻗칠까요?" 상담사가 건네준 조언은 아주 단순 명쾌했다. "스트레이트 파마를 하면 돼요." 나는 상담사에게 내 몸이 부끄럽고 불결하게 느껴진다는 사실을 결국 말하지 못했다.

여성의 몸을 누출하는 몸, 피 흘리는 몸, 호르몬과 번식 기능에 휘둘리는 몸으로 부호화하는 관습이 여전히 남아 있다. 여자들의 몸은 통제되지 않고, 팽창하며, 새어나오고, 베어나오는 더러운 것으로 여겨진다.*

수치심이란 공기에 휩싸여 있던 중학생은 성년이 되면서 자신의 몸이 힘이 될 수도, 혐오의 대상이 될 수도 있다는 걸 알게 되었다. 혹독한 다이어트로 자신감이 오르면 남성

* 캐럴라인 냅 지음, 정지인 옮김, 『욕구들』, 북하우스, 2021, 204쪽

들의 시선을 받기도 하고, 맘에 드는 남성을 유혹할 수도 있게 된다는 사실을 알게 되었다. 내가 원하는 남성의 사랑을 받기 위해서는 섹스를 아주 좋아하는 여성이 되어야 했고, 그런 연기도 펼쳐야 했다. 그러다 연애가 잘 풀리지 않으면 자기혐오와 무력감에 빠져들기도 했다. 이십 대 후반 무렵의 내 몸에는 어떤 관능의 씨앗의 남아 있었지만, 그 실체가 사랑받고 싶은 갈망인지, 자유로워지고 싶은 열망인지 모를 모호한 안개에 휩싸여 있었다.

파리에서 돌아와 삼십 대에 접어든 나는 연애에 더욱 적극적이고 개방적인 여성이 되어 있었다. 늘 자살 충동에 시달리던 이십 대의 암울함을 벗어던진 멋지고 쿨한 여성이 된 것 같았다. 그러던 어느 날 또다시 연애가 진창으로 바뀌고 있는 밤에는 와인 병을 길가에 들고 나와 깨뜨린 적이 있었다. 나는 여전히 '사랑받기'에는 모자란 여성이란 생각이 들었다. 나는 내가 원하는 사랑의 형태가 무엇인지 모른 채 '사랑받는' 데에만 열중하던 여성이었다.

파주 출판도시에 살던 삼십 대 중반의 어느 주말에는 파주의 고요와 적막과 안개에 진저리를 치면서 버스에 뛰어올라 단숨에 이태원까지 가서 처음 보는 남성들과 밤새도록 춤을 추고, 술을 마시고, 길거리를 쏘다녔다. 마치 내 삶에 거리낄 것은 없다는 듯이, 어떤 남성도 유혹할 수 있다는 듯이, 밤의 활보에서 자유를 찾을 수 있다는 듯이 말이다.

삼십 대 후반, 어머니의 자살로 나는 모든 부적절한 연애 관계에서 나 자신을 단절시켰다. 그 시기의 나는 건강한 연애와 사랑을 할 줄 모르는 상태에 머물러 있었기에 나는 어떤 선택을 해야만 했다. 내 몸에 새겨진 수치심과 자기혐오의 뿌리를 완전히 해체하기까지 내 몸은 유폐와 단절과 황무지의 시간을 견뎌야 한다며 스스로 징벌의 시간을 선고한 것이다.

사십 대가 된 나의 몸은 기약을 알 수 없는 애도와 감금의 시간으로 들어갔다. 육체의 기쁨보다는 일에 몰두함으로써 세상과의 연결감을 찾으려 했다. 일하는 현장에서 나와 뜻이 맞는 사람들… 작가, 번역가, 선배, 동료, 후배 들을 만나게 된 것은 이 일이 나에게 선물한 유일한 기쁨이었다. 일이 주는 성취는 슬픔과 상실, 공허함을 잊게 해주었다. 그렇지만 조직 생활과 사내 정치가 주는 환멸은 생각보다 큰 것이어서 내 몸을 짓누르고 숨을 쉬기 곤란하게 하는 때가 많았다. 일을 하다 답답해지면 화장실에 들어가 주먹으로 벽을 치고, 한참 동안 심호흡을 하다 나오곤 했다. 내 몸은 점점 지하로 꺼져 내려가고 있었다.

나는 어서 금요일이 오기만을 기다렸다. 금요일 퇴근 후 저녁에는 맛있는 요리를 손수 차리고 와인을 마시며 영화를 보는 게 내 삶의 유일한 낙이었다. 영화는 내 공허의 훌륭한 '도피처'였다. 영화관의 어둠과 환상의 빛은 나의 유일한 안식처였다. 그래서 내 영혼은 영화에 많은 부분을 빚지고 있다. 끝을 알 수 없는 적막과 그 끝에 무엇이 도사리고 있는지 알 수 없는 마음의 심연을 나는 들여다보고 싶지도, 들여다볼 여유도 없다고 생각했다. 그 대신 나는 스크린을, 노트북 화면을 주시했다. 내가 아닌 다른 사람들, 다른 세계의 이야기에 몰두하는 것은 나를 황홀하게 했다. 영화가 내 마음을 마음껏 휘젓고 희롱하더라도 나는 기꺼이 받아들였다. 영화는 가장 안전하게 이 세계를 벗어나 다른 세계를 여행할 수 있는 유일한 통로였으니까.

암흑을 들여다보는 연습

관능 모든 감각기관을 열고 자신의 생명성을 몸으로 구현하는 것. 관능은 쾌락이 아닌 자유를 추구한다. 자신을 억압하는 것의 실체를 인식하고 드러내는 태도, 몸으로 그것을 뚫고 관통해나가는 의지, 자기 본원성을 회복하는 행위를 포괄한다.

부산국제영화제에서 〈베네데타〉를 보았을 때, 신과의 영원한 접속을 원하는 베네데타의 몸과 정신에 어떤 변화가 일어나는지 바라보는 일은 나를 흥분하게 했다. 그녀는 자신이 성녀라 믿었고, 주장했고, 자신의 성적 환영이 신으로부터 부여받은 열망임을 한 치의 망설임도 없이 보여주었다. 한편 또 다른 수녀 바톨로메아에 대한 사랑은 그녀가 가진 욕망의 심연을 들여다보는 일이었다. 가장 금욕적인 공간인 수녀원에서 베네데타와 바톨로메아는 욕망의 끝을 실험했다. 그들은 육체로서 서로의 거울이 되어주었다.

명명될 수 없는 범죄는 문자 그대로 이름을 갖지 못했고 역사의 기록에도 거의 흔적을 남기지 않았다. 서유럽인들이 여성의 섹슈얼리티에 대해 지니고 있던 모순적 관념은 레즈비언 섹슈얼리티에 관해 무엇이든 공개적으로 논의하는 것을 불가능하게 했다. 침묵은 혼란을 낳았고, 또 혼란은 두려움을 유발했다. 이러한 토대 위에서 거의 지난 2000년 동안 유럽 사회는 뚫을 수 없는 견고한 장벽을 만들었다.*

베네데타 카를리니는 종교 심문을 받았고, 재판을 받은 뒤 수명이 다할 때까지 수감 생활을 했다. 그녀의 욕망은 영원히 감금되었고, 명명할 수 없는 범죄로 기록되어 1623년 피렌체 국립 문서 보관소에 봉인되었다.

나는 사방이 장벽으로 둘러싸인 나의 몸을 바라본다. 그 몸은 누구도 탐구하지도 밝히지도 않은 영역이며, 기이한 상흔 또는 상형문자를 지닌, 아무도 읽지 않은 텍스트다. 그 텍스트는 오직 나만이 읽어낼 수 있다. 그리고 내 몸은 사람을, 세상을, 자연을, 우주를 만나면서 끊임없이 변화하는 텍스트다. 내 몸의 실존은 아주 구체적인 기억의 토대 위에 세워졌다.

탱고를 추려면 상대에게 내 온몸을 기대야 한다. 기대서 앞으로 걸어가야 한다. 상체의 한 팔로는 상대의 등을 감싸고 한 팔은 나란히 맞댄 채 손을 잡는다. 그리고 심장을 맞댄다. 이 모습은 마치 사람 '인人'의 형태를 띤 트라이앵글을

---

* 주디스 브라운 지음, 임병철 옮김, 『수녀원 스캔들』, 푸른역사, 2011, 45쪽

이룬다. 상대를 신뢰하지 않으면 이 삼각의 균형은 무너지고 만다. 자신의 기억과 경험에만 의존해 상대를 대하거나 평가하면 그의 심장 박동을 온전히 느낄 수 없게 된다. 그래서 가벼워져야 한다. 나의 기억으로부터, 아픔으로부터, 상실로부터. 대신 그가 내 몸에 기댈 수 있게 온몸을 열어젖혀야 한다. 상대와 함께 호흡하고, 함께 걷고, 함께 방향을 튼다. 상대의 숨결 속에 내 숨결이 스며들고, 내 숨결 속에 상대의 숨결이 스며들 때까지. 그럴 때 온전한 춤을 출 수 있게 된다. 밀롱가에서 낯선 상대를 만났을 때, 오로지 그의 몸짓을 통해서만 그의 모든 것을 읽어내게 된다. 그것은 그의 외적인 면모가 말해주지 못하는 영혼의 텍스트에 대한 것이다. 그가 따뜻한 사람인지, 차가운 사람인지, 쓸쓸한 사람인지, 낙천적인 사람인지, 쇠락해가고 있는 사람인지, 기쁨에 가득 찬 사람인지… 한 사람을 받아들이는 일은 온 세계를 받아들이는 일이 된다.

내 몸은 여전히 변화하는 중이고, 연습하는 중이다. 감금과 유폐의 감각으로부터 서서히 문을 열고 다시 세상을 깊이 호흡하며 받아들이는 연습을. 나의 촉각으로 세상을, 삶을, 암흑을 움켜쥐고 만지고 들여다보는 연습을. 그 안에 천둥벌거숭이 내 몸이 있다. 우주가 있다.

당신의 죽음을 어루만지는 언어들

질문 미궁 속에서 그것의 바탕이 되는 것을 파고드는 것. 헤맴 속에서 의심의 뿌리를 날카롭게 벼리는 것. 그 바탕에 헤아림에 대한 의지가 있을 때, 물음의 형식은 사랑의 형식이 된다.

어머니와 연인을 자살로 잃은 후에 꽤 많은 시간이 흘렀다. 그들의 죽음은 나의 몸속에 아무도 침범할 수 없는 황무지를 형성했다. 그 황무지는 각각 남반구와 북반구에 있는 황무지처럼 외따로 떨어진 영토들이다. 나는 두 개의 황무지를 건너오면서, 그 죽음이 얼마나 처참했는지, 얼마나 비극적이었는지를 말하기보다 그것이 나에게 보여준 풍경을 말하고 싶었다.

내가 어머니의 황무지에 들어서서 멀리 뜬 달을 바라보면, 그 달은 아주 부드러운 빛으로 내 몸을 감싼다. 고통도 슬픔도 없는 그 영원한 대지. 밤과 고독과 침묵의 세계. 연인의 황무지로 들어서면, 그곳은 영원한 밤의 세계로 나를 이끈다. 어둠이 강물처럼 굽이칠 때 그 아래 언덕에서는 이따금 이리 한 마리가 나타나 섬광처럼 눈을 번뜩이는 곳. 그들과 눈을 마주치면 나는 내가 삶과 죽음의 비밀을 품은 신들의 세계로 들어선 것을 알게 된다.

그리고 나는 깨달았다. 사람들이 죽음에 대해 안다고 믿는 모든 것과, 고통에 대한 그리고 다시 일상으로 돌아와야 한다는 필연성에 대한 진부한 모든 말들을 전염병처럼 피해야 한다는 것을. 또한 나는 깨달았다. 삶과 마찬가지로 죽음에 있어서도 다른 이의 말에 귀를 기울이지 말아야 하며, <u>죽음을 말할 때는 사랑을 이야기하듯 부드러운 목소리로, 열정 어린 목소리로 말해야 한다는 것을. 죽음의 고유한 특성과 사랑의 감미로움에 어울리는 세밀한 언어를 선택해야 한다는 사실을.</u>* (밑줄 필자)

나는 당신들의 죽음으로 인해 그 세계를 골똘히 바라보는 일이 잦아졌다. 이제 나는 자살 충동에 빠져들지 않는다. 다만 나는 당신들의 죽음을 새를 어루만지듯 오랫동안 공들여 만져본다. 황무지에 부는 모래바람을 온몸으로 맞고 있으면 당신들의 존재가 내 몸을 통과해간다. 당신들은 바람이 되었다가, 빛이 되었다가, 돌멩이가 되었다가, 밤의 어둠이 된다. 죽음을 통해 나는 당신들의 삶을 바라본다. 그것은 거울처럼 서로를 비추고 있다. 나는 두 개의 세계를 오고 가며,

---

* 크리스티앙 보뱅 지음, 김도연 옮김, 『그리움의 정원에서』, 1984Books, 2021, 34쪽

이승 사람도 저승 사람도 아닌 이방인이 된다. 그 속에서 오래도록 쓸쓸하고 싶었다. 오로지 당신들을 기억하기 위해 태어난 자처럼. 이 세계에서 저 세계로 건너온 말들을 전하기 위해 태어난 자처럼.

세상에서는 자살한 사람의 주변에 남겨진 이들을 자살 생존자, 유족 또는 사별자 등 여러 명칭으로 부르고 있다. 특히 심리부검에서 일컫는 '자살 생존자'란, 그 남겨진 이들이 자살 고위험군으로 분류되어 높은 확률의 죽음의 위험으로부터 '살아남은 자'란 의미를 담고 있다.

나는 자살을 도덕적으로 규탄하거나 조용히 규탄해서는 안 되는 자유로운 행위로서 생각해볼 여지를 열어보고 싶다. 자살은 이해되어야 하며, 자살에 대해 더 성숙하고 관대하며 성찰적인 논의가 절실하게 필요하다. 자살에 대한 논의 전체가 격렬한 분노에 사로잡히는 일은 너무나 흔하다. 자살한 사람의 배우자와 가족, 친구들은 자살에 대하여 논의하려는 어떤 시도든 이해할 만한 분노로 반응하기 마련이다. 하지만 우리는 용기를 내야 한다. 우리는 이야기해야 한다.*

* 사이먼 크리츨리 지음, 변진경 옮김, 『자살에 대하여』, 돌베개, 2021, 38~39쪽

내 몸에 찾아온 자궁내막증이란 질환은 상실과 죽음의 유혹, 죄책감, 조직 생활의 환멸, 과도한 책임감, 깊이 침묵해야 했던 시간들과 연결되어 있는지도 모른다. 내 몸 안에서 말들이 되지 못하고 떠도는 침묵의 언어들은 나의 피 속에, 나의 영혼 속에 상흔을 남긴다. 우리는 그것을 트라우마라 부른다. 우리의 몸은 그 트라우마를 가지고 살아내야 한다. 내 몸에 고스란히 새겨진 그 트라우마들을 간직한 채, 아픈 채로 살아가는 것, 아픈 채로 용기를 내어 이야기하는 것. 죽음에 대하여, 자살에 대하여 말하며 금기된 영역을 뛰어넘는 것, 좀 더 세밀하고 적확한 언어들을 발견해나가는 것, 내 몸의 아픔들을 통과한 언어들이 죽음에서 삶으로 나아가는 것. 나는 그런 것들을 희망한다.

그리하여 나는 '자살 생존자'는 '질문하는 자'로 변화해간다고 생각한다. 사랑하는 이의 상실은 우리를 끔찍이도 압도하며 무너뜨리려 찾아오는 거대한 파도와 같다. 온몸으로 그 파도에 맞설 때, 내 몸이 투명해지는 것을 느낀다. 슬픔이, 아픔이 사라질 때까지 파도를 맞고 서 있어 보는 것이다. 그 파도를 맞고 서 있으면 삶이 무엇인지, 죽음이 무엇인지, 나는 당신을 왜 사랑하는지, 무엇이 당신을 고통에 빠뜨렸는지, 그 죽음마저도 나는 왜 사랑하는지에 대한 질문이 시작된다. 그것이 살아남은 자가 질문하는 자로 변모되는 순간이다. 질문을 멈추지 않는 동안 살아 있게 된다. 질문함으로써 죽음을 유보한다. 폐허 위에 서서 질문으로써 씨앗을 심는다. 그 무수한 질문들이 내 삶에 뿌리 내리고 나무의 싹이 나고 숲을 이룰 때까지. 그 질문들의 뿌리는 사랑이다. 당신을 사랑하는 한 나는 질문한다. 당신에 대한 끊이지 않는 질문이 나를 살게 한다. 나는 살아서 오래도록 당신에 대해 묻겠다. 당신이 살아 있을 때 하지 못했던 것. 그것이 내가 받은 천형이다.

3부

우리의 고통이 언어가 될 때

바람은 씨앗을 잉태하고 (1)

언어의 복원 삶이 사라지면, 언어도 사라진다. 자신의 언어를 되찾는 일은 부서진 삶을 되찾는 일이다. 그 사라진 것들을 다시 기억해내고 불러들여 언어의 형태로 재배열함으로써 황무지의 시간에 비로소 생명의 물이 흐르게 하는 일.

제주에 왔다. 한 달 동안 머물 김녕 숙소에 짐을 풀고 나니 넓은 베란다가 있어 작은 포구에 내려앉은 오리의 울음소리가 저녁까지 들렸다. 다음 날 새벽에 일어나 해변에서 달리기와 근육 운동을 한 후 몸을 풀며 수평선을 바라보았다. 하늘과 바다가 맞닿아 가느다랗고 기다란 선이 내뿜는 희부연 빛과 그 너머의 비어 있음을 오래도록 응시했다. 이른 새벽의 해변에는 인적이 없고 모래 위에는 갈매기와 떠돌이 개가 걸어 다닌 발자국이 찍혀 있었다.

운동을 마친 후에 동네를 한 바퀴 돌았다. 낮은 돌담으로 둘러싸인 마을의 집들을 천천히 걸어 다니며 한 집 한 집 내 눈에 담았다. 마치 여기가 먼 미래에 내가 살 집이라는 듯이. 오백여 미터 간격으로 마을 보호수가 보였다. 이 마을의 집과 길은 이 나무들을 중심으로 구획되어 있었다. 나무는 신묘하고 기이하게 뒤틀린 몸통으로 가지를 하늘로 뻗어 마을과 풀꽃과 돌멩이들을 품고 있었다.

냉이된장국을 끓여 점심을 먹고 베란다에 앉아 아주 느리게 흘러가는 시간을 하염없이 본다. 베란다에 널어놓은 양말이 바람에 펄럭이는 것을 바라본다. 마당 앞을 흘러가는 작은 포구의 물결과 그 너머의 오름과 하늘을 바라본다. 이제야 내가 도시의 모든 신경증적인 시간의 재촉에서 아주 멀리 도주해왔음을 실감한다. 관대한 봄볕이 물의 표면 위에 무늬를 그리며 간다. 시간이 더디게 가서 나는 어쩔 줄 몰라 한다. 책과 노트북과 음악과 시간과 나 자신만이 오후의 정적 속에 있는 것에 소스라치게 놀라서 '아! 여기가 어디였지?' 하고 다시 한번 주위를 둘러보게 된다.

먼 곳에서 개 짖는 소리가 들린다. 방 안에 향이 피어오른다. 나는 출판사 편집자로 살아온 십여 년의 시간을 떠올린다. 2011년 학회지를 편집하면서 처음 출판일을 배우기 시작하던 때부터, 2022년 프랑크푸르트 국제 도서전에 가기 위해 독일행 비행기에 몸을 실었던 최근의 일까지 떠올린다. 두 번의 해고 경험을 떠올린다. 초짜 편집자였던 나의 실수와 그것을 보고받고 컨펌한 상사들이 있었음에도 모든 책임을 혼자 뒤집어쓰고 해고된 일, 그 후로 입사한 또 다른 출판사에서 영세한 회사 규모로 인해 마케터의 역할을 도맡아 했던 일, 그 출판사가 경영난에 부딪히자 최종 해고 명단에 올랐던 일, 그 후로 또다시 옮겨간 다른 출판사에서 컴

퓨터를 사용하지 않는 노구의 소설가를 위해 그의 육필 원고와 교정지를 이마트 백에 넣고 서교동에서 양평까지 경의중앙선을 타고 실어 나른 일. 그 작가의 먼지 쌓인 서재에서 오래도록 독대한 채 구한말과 친일, 해방과 분단, 빨치산과 연좌제의 역사에 대해 들은 일, 그 비통한 이야기를 마음속에 넣고 눈이 내린 선로 위에 오래도록 서서 열차를 기다린 일, 한평생 글을 쓴다는 것이 어쩌면 고독한 수행자의 삶과 같을 수도 있겠다는 생각에 사로잡힌 일, 그 작가님의 책을 편집하는 동안 나의 어머니가 돌아가신 일, 그로부터 두 달 뒤에 작가님의 어머니 또한 돌아가신 일, 장례식 후 작가님과 내가 서재에서 서로의 상실을 마주한 채 앉게 된 일⋯. "어머님께서 열반에 드셨다지요." 이 한마디로 모든 위로를 전하던 그의 말들⋯. 그로부터 2년 뒤 다른 출판사에서 일하고 있던 어느 날, 작가님이 나에게 대뜸 전화를 거셨던 일, 안부만 몇 마디 물으시고는 그냥 끊으신 일, 그가 그 먼지 쌓인 서재에서 홀로 전화기를 쥐고 앉아 있을 생각을 하자 마음이 무너져 내린 일, 서재 맞은편에 있는 주방 식탁에 무심히 쌓여 있던 즉석 죽 제품들이 생각난 일, 그 속에서 구한말 조선의 언어, 분단이 되기 전 남과 북의 언어를 구현하기 위해 북한에서 발행한 조선말 사전을 보물처럼 품고 볼펜으로 한 자 한 자 눌러 쓰던 그의 모습을 생각한 일, 한 작가의 전 생애가 걸린, 지난 세기의 언어를 복원하는 일, 그로부터 다시 2년 뒤, 출근길에 작가님의 타계 소식을 뉴스를 통해 접하게 된 일, 그 지하철에서 무심히 뉴스를 보고 있는 내가 한심하게 느껴졌던 일, 지방에서 치러지는 그의 장례식에 가기에는 다음 날 출근길 걱정이 앞섰던 일, 또 한 사람을 잃었다는 상실감 속에서 나의 언어를 잃어버린 채 건조한 표정으로 회사로 출근했던 일….

그 시간을 통과하던 어느 날, 나는 건강 검진을 통해 내 몸에 혹이 자라고 있다는 것을 알게 되었다. 나는 이 경쟁 속에서 계속 살아남길 바랐고, 일을 통해 내 삶을 일으켜 세우길 바랐다. 나는 편집자의 시간을 혹독한 글쓰기 훈련을 치른 것으로 의미 부여 하기로 했다. 편집자들은 작가와 다른 종류의 글쓰기를 수행한다. 작가와 번역가, 독자 외에도 함께 일하는 사람들을 설득하고 시장에 알리기 위한 종류의 글을 쓴다. 비가 오나 눈이 오나 책상에 붙박여 각종 문서를 기한에 맞춰 써내는 일을 일상적으로 해낸다. 편집자가 야심 차게 써낸 홍보 카피 하나에 책의 판매 부수가 좌우되기도 하기에 단어 하나하나를 고심하며 선택한다. 책의 최종 제목 후보를 두고 영업부와 치열한 논쟁을 벌이기도 한다. 이것은 편집자가 일상적으로 감수하는 일이기에 나는 오히려 편집자 본연의 업무를 무척 좋아했다. 그러나 정말 하고 싶은 일을 하려면 다른 부수적인 일도 감수해야 하는 사회생활의 보편적인 법칙이 나에게도 적용됐다. 조직의 일원인 나에게는 편집자 업무 외에도 완전히 다른 분야의 업무가 주어져 있었다. 그 일은 내가 책임질 수 없는 정도로 늘어나고 있었기에 하중을 견디지 못하고 회사에 업무 조정 요청을 했다. 업무가 조정되기까지 내가 처리해야 하는 일의 총량은 변함이 없었고, 언제 조정이 성사될지 알 수가 없었다. 내 몸은 이 모든 과정을 더 이상 버텨내지 못하고 비명을 지르고 있었다. 어머니의 죽음을 잊기 위해 내 몸을 일로 혹사시키는 것을 그만두어야 했다.

2023년 1월, 나는 결국 수술대 위에 올랐다. 입원 기간 내내 피를 흘렸으며, 그 피들을 받아내면서 내 앞길에 중대한 변곡점이 생길 것을 예감했다. 내 몸을 살리기 위한 길을 스스로 발명하지 않으면 안 되었다. 무엇보다 깊은 침묵 속에 방치해두었던 슬픔의 잔해들을 내 손으로 거두어들여야 했다. 내가 할 수 있는 유일한 방법은 다시 글을 쓰는 일이었다. 그것은 나 자신의 언어를 깊은 강물 속에서 길어 올리는 일이었다. 자신의 언어를 복원하기 위해서는, 어머니와 가족과 함께 살던 공간으로부터 떨어져 나와 심리적·물리적 거리를 확보하는 일이 우선되어야 했다. 자신을 객관적으로 바라볼 수 있는 글쓰기의 시공간을 스스로 만들어내야 했다. 그런 면에서 육지와는 다른 논리로 자생하는 제주의 환경은 최적의 장소였다. 2023년 3월, 나는 편집자로서의 시간을 정리하고 제주행 티켓을 끊었다.

바람은 씨앗을 잉태하고 (2)

바람과 파도 사람이 내쉬는 숨이 작은 바람이라면, 지구가 내쉬는 숨은 큰 바람이다. 지구의 숨결은 공기의 흐름을 만들어내며 씨앗들을 퍼뜨린다. 바다의 물결은 바람에 따라 움직이며 생명체들을 이동시킨다. 지구의 회전과 함께 일어나는 파도는 바람에 의해 풍랑, 너울, 쇄파가 된다. 바람은 파도를 수만 킬로미터씩 이동시키며, 인간은 숨이라는 바람을 일으켜 삶으로 나아간다. 우리의 영혼이 고기압에서 저기압으로 흐를 때 한숨이 일어나며, 자아라는 중력이 요동칠 때 내면의 바다에서 파랑이 일어난다.

나는 정말로 정말로 멀리 온 것이다. 그리고 이 섬에서 나는 하나의 점처럼 박혀 더 먼 곳을 바라보고 있다. 과거의 내가 완전히 사라지고 '없는 그곳'을 말이다. 나는 오직 이 현재의 땅 위에서 시간의 아득함으로 들어차 있는 하늘을 바라본다. 봄볕의 애무에는 어쩐지 더 먼 곳으로 떠나야 할 것만 같은 초조함이 서려 있다.

그녀는 빅토리아 여왕이 왕국을 지배한 것보다 더 훌륭하게 몽파르나스를 지배했다.*

– 어니스트 헤밍웨이

만 레이의 사진 「흑과 백」 속의 여인, 키키를 본다. 1920년

* 헤밍웨이의 말을 인용한 다음의 책에서 재인용, 헤일리 에드워즈 뒤자르댕 지음, 고봉만 옮김, 『검정』, 미술문화, 2021, 89쪽

대 몽파르나스의 보헤미안들—피카소, 모딜리아니, 파카비아, 칼더, 장 콕토, 헤밍웨이, 만 레이의 뮤즈였던 키키의 본명은 알리스 프랭이다. 나는 어쩐지 파리의 날이 선 키키보다 벨기에의 동글동글한 알리스가 더 맘에 들었다.

흑과 백의 선명한 대조 속에서 알리스의 검게 윤이 나는 머리칼과 길고 가느다란 직선형 눈썹과 추켜올려 그려진 기다란 아이라인, 입술 산의 뾰족한 윤곽이 두드러진다. 그녀는 꿈꾸듯이 한쪽 얼굴을 테이블에 누인 채 한 손으로 아프리카 코트디부아르 바울레 부족의 가면을 쥐고 있다. 그녀는 누워서 원시의 세계를 꿈꾼다. 지그시 감은 눈은 자신의 시원을 바라보고 있기에 아득하다. 그녀의 몸은 현재에 있지만, 먼 곳을, 자신이 이 세계의 입자로 존재하던 그 시간 속으로 떠난다. 그녀는 더 이상 유럽인도, 아프리카인도, 아시아인도, 아랍인도 아니다. 어쩌면 그녀는 나무, 사자, 강, 부엉이, 산, 뱀, 돌멩이, 물범, 이끼, 순록이었을 수도 있다. 그리고 그 모든 것이었던 광막하고 깊은 어둠이었을 수도 있다.

알리스는 예술가들의 뮤즈로, 누드모델로 생계를 유지했지만, 그녀 또한 그림을 그리던 예술가였고, 배우가 되기 위해 할리우드로 떠났고, 다시 몽파르나스로 돌아와 카바레 셰 키키Chez Kiki의 주인이 되었다. 술과 약물 중독으로 생을 다할 때까지 그녀는 자신만의 왕국에서 주인으로 살았다. 만 레이의 「앵그르의 바이올린」에 등장한 그녀의 몸은 악기가 되었지만, 발팽송의 목욕하는 여인이 있던 19세기에서 20세기를 가로질러 21세기의 현존으로 다가왔다. 내 눈 속에서 그녀의 곡선형 몸과 꿈꾸는 얼굴은 단지 대상화된 물체가 아니다. 나는 그녀를 통해 나를 본다. 그녀의 감은 눈을 따라 눈을 감고 먼 곳의 시원을 생각한다. 나를 태어나게 한 곳, 암흑의 동굴인 곳, 창조되는 곳. 그곳에서 나는 툰드라 식물이 된다, 눈이 된다, 비가 된다, 강물이 된다, 뿌리가 된다, 바오브 나무가 된다, 사막여우가 된다, 꿩의밥이 된다, 뱀의 허물이 된다, 씨앗이 된다, 물범이 된다, 우뭇가사리가 된다, 플랑크톤이 된다, 해파리가 된다, 고래가 된다….

오후의 빛이 길어지면 나는 막걸리를 곁들여 이른 저녁을 먹고 다시 해변으로 산책을 나간다. 걸어가는 길목에 나무 현판이 놓여 있는 것을 발견한다. 현판 위에는 커다란 흰색 글씨로 '책'이라 쓰여 있다. 그 현판을 내다 놓은 집을 본다. '책'이란 글자는 이 고요한 길 위에 '오도카니' 서 있었다. 나는 십여 년 넘게 책을 만들어왔으면서도, 이 글자가 이토록 정갈하고 단정한 글자인지 처음 알게 된다. 제주 특유의 가옥인 밖거리(바깥채)를 개조한 '일희일비'란 이름의 책방이었다. 나는 해 지는 것을 우선 보고 나서 돌아오는 길에 들를까, 잠시 고민한다. 걸음을 재촉하다 다시 발길을 돌려 책방 문을 열고 주인에게 "몇 시까지 하세요?"라고 물어본다. 수수한 들꽃같이 생긴 주인이 의자에서 잠시 몸을 달싹이며 "6시까지요"라고 답해준다. 시계를 보니 5시 37분. 나는 산책을 잠시 미루고 책방으로 들어서 진열된 책들을 구경한다. 조금 뒤에 그녀의 남편이 들어와 노트북 앞에 앉는다. 주인이 내게 따뜻한 차를 건네준다. 찬찬히 살펴본 뒤 두 권의 산문집을 골라서 계산한다. 그러면서 두 주인과 짧은 이야기를 나눈다. "자주 놀러 오세요. 저희도 심심하거든요." 주인의 선한 눈빛에 마음이 잠시 데워진다.

다시 길을 나오니 멀리서 범종 소리가 울린다. 6시였다. 저녁 햇빛이 대기와 낮은 지붕들과 돌담들을 감싸는 가운데 종소리가 울릴 때마다 그쪽을 돌아본다. 종소리가 퍼져나가며 붉은 하늘을 가득 메우다 더 먼 곳으로 가서 그 소리가 맴돌 때 내 마음도 이 세계와의 일치감으로 차오른다. 나는 어쩌면 이 저녁에 조금은 다정한 사람이 될 수 있을 것 같았다. 권태나 정념은 먼 세계의 일인 것처럼 심심하고 담담하게 길을 걸어간다.

해변에 당도했을 때 바람이 거세게 불기 시작한다. 나는 모자가 날아가지 않게 머플러로 단단히 모자를 동여매고 검은 바위 위에 올라서서 몰려오는 파도를 바라본다. 끊임없이 부딪히고 돌아선 다음 다시 몰려와서 부딪히고 떠나는 영겁의 움직임, 나는 한때 이 파도가 되고 싶었다. 거침없이 이 세계로 달려들고 망설임 없이 부서진다. 부서져서 포말이 된다. 포말은 다시 포효하듯 일어서서 절벽으로 몸을 던진다. 파도는 매 순간 죽고 다시 태어난다. 나는 파도를 따라 밤의 죽음과 아침의 탄생을 맞이하고 싶었다.

해변의 한쪽에는 한 무리의 갈매기들이 내려와 앉아 있다. 그들은 마치 잠시 정박한 하얀 배처럼 보인다. 나의 시선은 그들을 따라 수평선 쪽으로 나아간다. 빛이 조금씩 바닷속으로 가라앉으며 소멸해가는 것을 본다. 빛들은 자신이 사라지는 일에 대해 분노하지 않는다. 빛들에게는 '자기 자신'이 없으므로. 나는 어쩐지 이들의 소멸에 슬퍼진다. 빛들은 태양으로 붉어진 자신을 낯설어하지도 부끄러워하지도 않는다. 나는 어쩐지 그들의 붉음에 흐느끼고 싶어진다. 자연은 무심하고 매정하다. 파도는 무고하게 죽은 사람들의 영혼이 우는 소리를 몰고 온다. 바다는 사람들의 눈물을 심연에 가라앉힌 채 마지막 핏빛을 토해낸다.

음력 2월이면 독한 바람과 함께 찾아와 봄의 씨앗을 뿌리는 영등할망 이야기가 있다. 풍랑을 만나 외눈박이 거인이

사는 섬으로 흘러들어간 어부들을 영등할망이 구해주었는데, 이에 분노한 외눈박이 거인에게 몸이 절단되어 머리는 우도에, 팔다리는 한수리에, 몸통은 성산포로 흘러갔다고 한다. 그때의 바다는 얼마나 붉었을까, 얼마나 핏빛이었을까. 그녀는 바람의 신이 되어 제주 곳곳을 맴돌며 고둥 씨, 소라 씨, 미역 씨를 뿌리고 간다. 씨앗들은 슬픔을 대지에 묻고 자라난다. 해녀들은 그 바다에 자신의 몸을 의탁해 문어, 소라, 멍게, 뿔소라 들을 건져 온다. 이제 4월이 오면 슬픔은 거름이 되어 땅의 초록은 짙어지고 무성해질 것이다. 바다는 온몸으로 달려와 그 땅을 껴안을 것이다. 죽은 사람들의 슬픔이 검은 바위 위에 아로새겨질 것이다. 거센 파도에 뿌리 뽑힌 우뭇가사리가 갯가로 밀려올 것이다. 물질 못하는 해녀 할머니들은 허리에 구덕 차고 이를 주우러 다닐 것이다. 이를 널어놓고 말린 다음, 등에 이고 지고 돈 벌러 나갈 것이다. 우뭇가사리 판 돈으로 손주들에게 과자 사주고 아이들은 자라날 것이다.

바다는 그 설움을

떠도는 말들 '바람'은 죽어서 떠도는 자들의 '울음'이자 '말소리'다. 그것은 언어의 형태가 아닌, 구천에서 들려오는 통곡 소리, 서러움, 비명이다.

김녕항에 비가 내린다. 거센 비바람은 혹독해서 몸도 정신도 단단히 붙들어 매어야 한다. 백련사로 가는 길목에서 돌무더기 위에 떨어져 죽은 갈매기를 발견했다. 회색빛의 양 날개를 곱게 접은 채 하얀 깃털로 덮인 배를 드러내고 허공을 향해 누워 있었다. 갈매기는 왜 해안가도 아닌 이 외딴 들판에 와서 죽었을까. 나는 이 죽음 앞에서 철저히 타자일 수밖에 없다. 오른쪽 가슴팍에 검은 흙이 뭉쳐 있었다. 누군가 던진 돌에 맞아 죽은 것일까, 나이 들어 자연사한 것일까, 여행객들이 던져준 먹이를 받아먹다 그들의 발길이 끊기자 굶어 죽은 것일까. 나는 이 동물의 죽음에 대해 아무것도 모른다. 모른다는 것은 나를 무력하게 하고 다만 그 죽음 옆에 가만히 있어보는 것이다.

강풍주의보 알림이 뜬다. 초속 20m/s 이상의 바람이다. 패딩과 모자, 우비로 중무장한 나의 몸은 한 걸음을 뗄 때마다 휘청인다. 우리가 어떤 죽음 옆에 가까이 있을 때, 그 죽음이 나의 것이 아니라는 사실에 안도하고, 그런 스스로의 모습에 소스라치게 놀라고 만다. 설령 그것이 내 어머니의 죽음이라 할지라도. 싸늘하게 식은 몸이, 손이, 손가락이 굳어버리기 전에 매만지고 주물러보지만 그 죽음이 불러일으키는 어떤 힘에 나는 압도되고 마는 것이다. 어머니의 말은 광기 어린 질병으로 터져 나왔고, 그 말들은 외부 세계에 가 닿지 못하고 떠도는 말들이 되었다. 나를 비롯해 아무도 그녀의 말을 귀담아듣지 못했다. 어머니가 자신을 표현할 적확하고 선명한 언어를 선택할 수 있었더라면 그녀는 살아남을 수 있었을까. 내게 다시 한번 기회가 주어진다면 그녀의 암호와 같은 말을 귀 기울여 들을 수 있을까. 갈매기가 하얀 배를 드러내고 죽은 자세로 어머니는 하얀 배를 드러낸 채 응급실에서 사망했다. 할 수만 있다면 내가 그 몸을 직접 수습하고 싶었다. 흐트러진 머리를 정갈하게 빗어주고 손톱과 발톱을 깎아주고 얼굴과 목과 어깨, 겨드랑이, 팔, 배, 엉덩이, 허벅지, 다리 사이, 무릎, 정강이, 발, 발가락 사이사이를 닦아주고 싶었다.

나의 발걸음은 벽화가 그려진 마을 골목으로 들어선다. 어떤 벽에는 하얀 파도의 포말이 양 갈래로 갈라지고 그 사잇길로 바닷속으로 걸어 들어가는 해녀의 뒷모습이 그려져 있다. 그녀의 얼굴은 보이지 않으나, 망사리와 테왁을 어깨에 걸쳐 메고 두려움 없이 저승으로 걸어 들어간다. 이승에서 쓸 돈을 벌기 위해. 해녀들은 이를 두고 칠성판(관) 지고 들어간다고 말한다. 숨이 다해 이승으로 올라오면 뼈가 쏙 빠지고 땅이 폭삭 꺼지고 머리는 어지럽고 눈에는 가랑비가 삭삭 온다. 살면서 눈앞이 캄캄해지는 순간이 올 때마다 해녀들은 바다에 들어간다. 울면서 소라, 전복, 미역을 캔다. 바다는 그 설움을 말없이 품어준다.

어머니의 몸은 지상에서 사라졌지만, 나는 내 몸에 그녀의 유산을 지니고 더 큰 어머니를 섬긴다. 더 큰 어머니는 지상에서 배제된 이들의 목소리와 울음소리를 들으라 한다. 그 대신 말하라 한다. 나는 이제 어머니의 입으로 말한다. 어머니의 신음이 말이 되지 못하고 바람처럼 떠돌 때, 나는 그 말들을 거두어들여 여기에 풀어낸다.

강풍을 뚫고 이십여 분을 걸어 궤네깃당으로 향한다. 400년 된 팽나무 가지에 빛바랜 오색줄이 휘감겨 있어 이곳이 신당임을 짐작하게 한다. 빈터를 가득 메운 노란색 유채와 보라색 무꽃의 가는 허리가 바람에 휘어질 듯 흔들리고 있다. 나무 뒤로 둥그렇게 주저앉은 터가 보이고, 이 터는 돌무더기로 뒤덮여 점점 하향곡선을 그리며 동굴로 이어진다. 타원형의 동굴 입구는 철창으로 막혀 있다. 나는 철창 틈으로

굴속을 찬찬히 들여다보고 강풍이 휘돌아 나가며 내는 기이한 소리를 듣는다. 깊고 어두운 곳에서 터져 나오는 누군가의 통곡 소리처럼 바람이 퍼져 나와 나의 우비는 휘장처럼 펄럭인다.

이 신당의 주인이었던 궤네깃또는 인간의 아들로 태어나 아버지에게 버림받고 용왕의 딸과 결혼한 뒤 제주도의 세변 난리를 정복하고 김녕리에 터를 잡았다. 마을 사람들은 매해 돼지 한 마리를 잡아 궤네깃또에게 제를 올리고 자손의 안녕과 산과 바다의 풍년을 기원했다. 1970년대 새마을운동으로 신당 뒤의 삿갓오름이 공동묘지가 되면서 사람들은 집에서 제를 올리게 됐다. 사람들은 인간의 아들로 태어나 영웅이 된 신에게 돼지 한 마리를 통째로 제물로 바치고 그것을 나눠 먹으며 허기진 배를 채운다. 신의 보살핌 속에 그들은 영혼과 육체에 동물의 기름을 채워 넣는다. 당으로 오는 길목에는 장례식장이 있고, 묘지화된 이 구역은 사람의 발길이 끊겨 을씨년스럽다. 신이 떠난 팽나무는 바람에 지쳐 늙었고, 신도, 사람도 찾지 않는 신당은 쇠락해간다. 그런데도 그 자리에 남아 있다. 바람에도 지지 않고 흔적을 간직하는 것들. 바람과 영혼의 목소리를 담아내는 것들. 세계의 질서 바깥으로 내쳐진 것들. 팽나무와 동굴은 기억한다. 이 모든 것들이 먼 데서 비로소 돌아오는 소리를.

목숨마다 넋 나가지 말게 하고

노래 사람의 '말'은 비속하고 비천하나, 그것에 리듬과 멜로디를 부여하여 '시'가 될 때, 그 비천함 너머를 활공하게 된다. 사람의 슬픔은 노래를 통해 외부로 흐르게 된다. 이 흐르는 '시'가 만인에게 가닿을 때 공명이 일어난다. 목구멍에서 터져 나오는 소리가 비명이 아닌, 음률이 될 때, 사람은 낮은 땅을 기어다니는 뱀에서 높은 하늘을 나는 새가 된다. 개인의 운명을 넘어 공통의 운명이 되는 목소리가 된다.

김녕 동방파제 쪽에 있는 숙소 주변은 육지와 바다의 경계선에 암반 조간대가 널찍하게 펴져 있다. 11세기 초 한라산 화산이 폭발하면서 바다로 흘러 들어가던 용암이 굳어져 만들어졌다. 늦은 오후에 썰물 때가 되면 검은 암반이 드넓게 드러나면서 바다 끝까지 길이 열린다. 그 길의 끝에 갈매기들이 떼를 지어 모여 있다. 조간대 근처에 돌담을 쌓아 놓고 바람을 피해 낮게 포복한 집들이 아슬아슬하게 해안가에 접해 있다. 이 돌집 앞 빈터에서 조용히 우뭇가사리를 말리는 할머니 곁에 앉아서 나는 그녀를 지켜본다. 할머니는 말이 없고 수줍음을 많이 탔다. 나의 걸음은 청굴물 쪽으로 향한다.

청굴물은 용천수가 솟아오르는 물터인데, 돌을 정교하게 쌓아 둥그렇게 정비해놓은 형상이 마치 양수를 품은 여성의 자궁 형상이다. 사람이 걸어 다닐 수 있게 이어진 돌길은 나팔관의 형상이고, 기다란 돌길을 중심으로 양쪽으로 갈라져 고여 있는 용천수는 두 개의 난소와 같다. 용암대지 위에 비가 내릴 때 빗물이 스며들지 못하고 하부에 고여 있다가 해안선 부근에서 물이 솟아 나와 용천수가 되었다. 김녕에는 모래빨물을 비롯한 여러 용천수가 있고, 특히 이곳 청굴물에는 여름이면 유독 차갑고 맑은 물이 흘러나와 사람들이 병을 치유하기 위해 며칠씩 머물다 가곤 했다고 한다. 아픈 사람들이 정화된 물로 몸을 씻고 새롭게 태어나는 곳. 물속에 몸을 담그면 하나의 알처럼 사람을 품어주는 곳.

황금알 또는 황금자궁이란 뜻의 히란야가르바는 힌두교 신 '브라흐마'의 다른 이름이다. 그는 창조의 신으로 불교에서 '범천'이라 불리는 신이기도 하다. 황금알에서 천 년의 시간을 보내고 태어난 그는 깨진 알의 한쪽으로 땅을, 다른 한쪽으로 하늘을 창조한 뒤 바다와 산, 별들을 만들었다. 머리가 네 개 달린 남성의 얼굴을 지닌 그는 이 세계를 더욱 풍부하게 해줄 여성 신이 필요하여 '사라스와티'를 만들었다. 그녀는 지혜와 학문, 예술의 여신이 되어 네 개의 손에 베다*와 염주, 비나라는 악기를 들고 흰 백조를 타고 다닌다. 두 신의 결합으로 여러 생명이 탄생하는데, 그중에는 악신 '아수라'와 인간의 조상 '마누'가 있다.

* 인도 바라문교 사상의 근본 성전이며 가장 오래된 경전.

인간을 낳은 어머니, 사라스와티는 강의 신이다. 강물의 흐름은 모든 추악하고 무자비한 것들을 정화하고 언어를 창조하여 음률과 찬가가 되었다. 그것은 신들의 비밀스러운 교의가 되어 베다로 전해진다. 신의 언어가 인간의 언어가 되면서 그들은 마음속에 신을, 우주를, 세계를 품기 시작한다. 사람들은 노래하며 이 세계와 존재의 비밀을 알고자 한다. 진창에 뒹구는 비천한 삶 속에도 그 너머 고귀한 것의 존재를 염원한다.

인간의 삶이 신성해지는 것은 그들이 삶을 노래하기 시작할 때부터가 아닐까? 자신의 삶 속에 신을 불러들일 때 신은 현존하든 현존하지 않든 그들의 마음속에 존재한다. 자기 안의 신을 발견하고 그것을 구현해나가는 과정에서 그 사람은 새로운 인간으로 다시 태어난다. 그것은 일종의 '자기 창조'의 과정이다.

매년 음력 3월 8일이면 김녕 해녀들은 용왕에게 풍요와 안녕을 기원하는 잠수굿을 한다.* 생리를 하여 몸 비린 해녀들은 제의에 참석하지 못한다. 제물을 올리는 세 명의 해녀가 3일 전부터 몸을 정갈하게 하고 전복, 소라, 한라봉, 떡,

* 이하 잠수굿에 대한 이야기는 (주)제주문화방송의 다큐멘터리 〈해녀〉 2부 「이어사나, 이어도 사나」를 바탕으로 전개하였다.

산딧쌀, 향, 청주, 감주 등을 준비한다. 그 제물들을 무녀가
받아 제상에 올리고 오색천의 용왕기가 세워지면 신들을 초
대하는 노래가 시작된다.

> 대천 바다 물질 내려가면
> 머리 짓누르게 맙서
> 머리 어지럽게 하지 맙서
> 목숨마다 넋 나가게 맙서
> 심장 뛰게 하지 맙서
> 심장 멎게 맙서

– 잠수굿 〈용왕맞이〉 노래 중

무녀의 노래는 신의 당부를 인간에게 전함과 동시에 수중
의 넋이 된 영혼들을 위로한다. 이 세상에 태어난 모든 생명
에게 신의 손길이 닿기를 염원한다. 이 지상에서 허망하게
사라진 존재들이 구천의 바람이 되어 떠돌지 않기를 빌고
또 빈다. 우리는 죽은 이의 존재를 기억함에서 이 세계의 잔
인함에 대항할 수 있으므로.

> 우리 어멍 나를 낳은 날은
> 해도 달도 없는 날에 나를 낳았나

요롷게도 힘든 일을 시켰던가

울면서 헤엄쳐 가고, 헤엄쳐 오고

- 〈해녀의 노래〉 중

나는 어머니에게 내가 태어난 시간을 여러 번 물었지만, 그녀는 언제나 "밖에 해가 없고 아주 어두울 때였어"라고 대답했다. 어머니의 그 말은 나의 축축하고 음습한 운명을 예감하게 하는 말이 되었다. 해녀는 할머니와 어머니로부터 물려받은 물질이란 고된 노동의 숙명을 자신이 태어난 시간 의 운명 탓으로 노래한다. 그녀는 울면서 물질하고 울면서 노래한다. 그녀의 노래가 나에게 전해지는 순간, 그녀의 운 명은 더 이상 그녀만의 것이 아니게 된다. 그것은 세상을 관 통하면서 움직이는 목숨줄이 된다. 그녀의 노래는 공명하면 서 나의 운명을 관통하고 나의 삶과 그녀의 삶은 연결된다. 이제 우리는 혼자가 아니게 된다.

온종일 진행되는 잠수굿의 제차는 '서우젯소리'에 이르 러 절정에 다다른다. 신들을 맞이한 해녀들은 한 해를 무사 히 살아낼 용기와 힘을 회복하여 다 함께 신명 나게 춤을 추 고 노래한다. 불턱*에 앉아 같이 국수 먹고 불 쬐던 해녀들 은 자신들이 한배에서 난 자매보다 더 진한 피를 나눈 자매 들임을 덩실덩실 한바탕 놀면서 확인한다. 이때 무리 중의 해녀 한 명이 허리춤에 바구니를 달고 마당 밖으로 뛰어나 간다. 그녀는 바닷가와 마을 이곳저곳을 뛰어다니며 좁쌀을 뿌리고 사람들은 징을 울리면서 그녀의 뜀박질을 더욱 북 돋는다. 해녀는 신들린 사람처럼 방방 뛰면서 지상에 골고루 씨를 뿌린다. 이를 '씨드림'이라 부르는데, 이 제차를 통해 해상 무사고와 해산물의 풍요를 기원한다. 해녀는 뛰면서 무슨 생각을 할까. 자신과 동료들의 고된 삶에도 지복이 내리기를 기도하지 않을까. 서우젯소리를 할 때만큼은 신이 아닌 인간, 해녀들이 무대의 전면으로 나와 놀이의 중심이 된다. 집단의 유희를 통해 그들은 자신의 슬픔에 갇히지 않고 타인에게로, 바다로, 세상으로, 신에게로 슬픔을 흘려보 낸다. 슬픔은 서로에게 다가가서 공명하고 공유되면서 흐르 고 흐른다. 그 속에서 슬픔은 투명한 것이 된다.

해녀들이 바닷속에서 숨을 참고 물 밖으로 나와 테왁에 기대어 숨을 뱉어낼 때, 그들이 껴안고 있는 테왁은 마치 하 나의 알처럼 보인다. 망망대해에 떠 있는 작은 육신으로 하 나의 알을 품고 그것에 기대어 삶을 살아낸다. 테왁은 그들 의 목숨줄이고, 파도에 몸이 휩쓸릴 때마다 그들이 저승의

---

*   해녀들이 잠수에 나가기 전 불을 쬐며 몸을 덥히고 옷을 갈아입거나 음식을 나눠 먹던 장소. 지금은 현대식 탈의장으로 변모되었다.

밑바닥으로 가라앉지 않게 지켜준다. 그들은 테왁으로 고통과 맞닥뜨리는 존재이다. 나에게도 테왁이 있다면, 그것은 글을 쓰는 일이 될 것이다. 매일의 물질이 매일의 글쓰기가 되어 삶에 대한 허무와 냉소로 가라앉지 않게 해줄 것이다. 나는 그들처럼 깊게 숨을 들이마시고 더 깊은 곳으로 잠수해 들어간다. 삶으로 다시 떠오르기 위해.

겉절이와 할머니

재현 고통의 기억을 '재현'하는 과정은 '회상'과 구분된다. 재현은 고통의 한가운데를 언어와 행동으로써 관통해나가려는 의지의 작용이지만, 회상은 고통이 불러일으키는 뇌의 반복적인 신경 작용이다.

동네 책방에 앉아 주인과 수다를 떨고 있으면 이상하게 먹을 것이 모인다. 처음에는 이웃에서 펜션을 운영하는 부부가 가져다준 빵이 온다. 빵을 먹으면서 얘기를 하고 있으면 책방으로 한 명의 손님이 들어온다. 머리에 커다란 헤드폰을 쓴 이십 대 여성이다. 그녀가 책방을 둘러보다 우리에게 "뻥튀기 드실래요" 한다. 그러면 그녀도 우리와 합석해서 빵과 뻥튀기를 먹으면서 이야기를 나눈다. 그녀는 취업준비생이고, 음악을 너무 좋아하지만 어떤 일부터 시작해야 할지 모르겠다고 했다. 그러면서 그녀가 알려준 아이돌의 노래와 뉴에이지 음악에 대한 얘기를 하고 왕가위 감독의 영화가 리마스터링되어 재개봉했을 때 보았던 일련의 영화들에 대한 얘기로 이어진다. 마침 책방에는 내가 퇴사하기 전 마지막으로 편집한 철학 책이 입고돼 있다. 그녀가 이 책을 만드는 데 어떤 과정을 거쳐야 하는지 묻는다. 그러면 나는 책의 편집 과정을 들려주면서 쇼펜하우어의 철학자로서의 면모가 아닌 인간으로서의 면모들을 얘기한다. 이를테면 매일 아침 아트만이란 이름의 푸들과 함께 산책을 다니고, 우파니샤드*를 닳도록 읽었으며, 아버지를 자살로 여의고, 어머니와 갈등하다 의절했던 시간들, 그로 인해 생긴 사랑에 대한 결핍, 여성 혐오, 아버지에 대한 그리움으로 괴테를 따랐던 시간들, 그에게 인정받고 싶었으나 오히려 반목했던 시간들, 몹시 강건하고 고집 세 보이는 인상과 달리 동물 학대에 얼마나 괴로워한 사람이었는지 등등.

생각해보니 십여 년간 책을 만들어오면서 내가 만든 책을 가지고 독자와 일대일로 대화해본 기억이 없다. 이십여 명의 독자들을 초대해 북 토크를 한 적은 있어도, 이렇게 단 한 명의 독자를 위해서 차근차근 얘기해본 적이 없었던 것이다. 편집자들은 출간일의 숨 막히는 일정에 쫓기고 또 쫓기는 삶을 살아야 하기 때문에 단 한 명의 독자와 대화를 나눌 여유는 좀처럼 생기지 않는다. 그녀는 선뜻 이 두껍고 가격 나가는 책을 사겠다고 한다. 나와 책방 주인은 놀란다. 여행 중에 이렇게 무거운 책을 사겠다니… 주인은 혹시나 그녀가 구매를 후회하지 않을까 하여 인터넷 서점에서 사도 된다고 말한다. 나도 그래도 된다고 거든다. 그러나 그녀는

---

* 기원전 3세기에 만들어져 힌두교 철학 사상을 나타내는 일군의 성전.

결정을 바꾸지 않는다. 그리고 나와 주인에게 책의 안쪽에 글을 써달라고 청한다. 단 한 명의 독자를 위해서 나는 편지를 쓴다.

○○ 독자님, 안녕하세요, 이 책을 편집한 조소연이라고 합니다.

이 책은 ◇◇출판사에서 제가 마지막으로 만든 책이 되었네요.

오늘 음악에 대한 귀한 이야기 들려주어서 고마워요.

음악을 하고 싶다고 하셨지요. ○○님의 삶이 음악의 길로 가든, 다른 길로 가든 그 길은 ○○님만의 삶이 될 것이에요. 그리고 그 길 위에서 이 책이 등불이 되어주길 바랄게요.

– 2023년 3월 16일 맑은 봄날에

책방 문이 빼꼼히 열리면서 한 할머니가 스티로폼 용기에 든 무언가를 불쑥 내민다. 용기에 갓 딴 상추로 무친 겉절이가 들어 있다. 그것을 들고 할머니는 머리에 쓴 두건을 밀어 올리면서 수줍게 웃어 보인다. 나는 태어나서 그렇게 어여쁜 미소를 본 적이 없다. 아무 말도 하지 않고 그저 겉절이를 무쳐서 누군가에게 전해주고 싶은 그 마음에서 나는 봄날의 민얼굴을 본다. 두근거림을 본다. 유채꽃처럼 노랗고 말간 마음을 본다. 상추의 푸릇푸릇함 같은 마음을 본다. 주인이 그것을 받아들고 집으로 돌아가는 할머니에게 "삼촌 감사해요!"라고 인사한다. 할머니는 우리와 눈을 마주치면서 잠시 웃어 보이고는 느리게 걸어간다. 나는 그녀의 눈에서 시간의 무게를 견뎌온 적막하고 무해한 영혼을 본다. 할머니는 말없이 겉절이를 건네고 이 섬은 아무 조건 없이 나를 품어준다.

내가 가장 예뻤을 때
나의 나라는 전쟁에서 졌다
그런 멍청한 짓이 또 있을까
블라우스 소매를 걷어붙이고 비굴한 거리를 마구 걸었다

내가 가장 예뻤을 때
라디오에선 재즈가 흘러나왔다
금연 약속을 어겼을 때처럼 비틀거리며
나는 이국의 달콤한 음악을 탐했다

내가 가장 예뻤을 때
나는 몹시도 불행한 사람
나는 몹시도 모자란 사람

나는 무척이나 쓸쓸하였다*

　할머니가 가장 예뻤을 때, 어머니와 같이 잡초를 뽑고 있으면 봄바람이 하릴없이 불어 가슴이 두근댔을 것이다. 가슴이 시려서, 시큰거려서, 설레서, 붕붕 떠서… 육지 순경이 마을에 당도했을 때 할머니는 가장 예뻤을 것이다. 순경의 총부리에 정강이를 얻어맞을 때 할머니는 가장 예뻤을 것이다. 산에서 숨어 살다 마을로 돌아와 어머니, 아버지, 오빠 시신도 못 찾았을 때 바다 앞에 망연히 서 있던 할머니는 가장 예뻤을 것이다. 이웃집 살던 살결 고운 언니가 죽고 없어진 걸 보았을 때 할머니는 가장 예뻤을 것이다. 그 언니가 군경들에게 몸을 내어주지 않아 죽은 걸 알고 숨을 참았을 때 할머니는 가장 예뻤을 것이다. 옴팡밭에서 마을 사람들이 군경들 총에 맞아 쓰러질 때 눈이 뒤집어지고 두 손이 피로 물들어도 할머니는 가장 예뻤을 것이다. 산에서 살아 돌아왔다고 폭도라 불렸을 때 할머니는 가장 예뻤을 것이다. 딸 셋, 아들 둘 낳고, 남편 군대 갈 때 물질해서 번 돈으로 차비 대줄 때, 할머니는 가장 예뻤을 것이다. 할머니가 바다

---

*　이바라기 노리코 지음, 정수윤 옮김, 「내가 가장 예뻤을 때」, 『처음 가는 마을』, 봄날의책, 2019

앞에 서서 파도가 잘랑잘랑 들어와 어머니 아버지가 두 팔 벌려 부르는 것 같아 그 바다로 들어가고 싶을 때 할머니는 가장 예뻤을 것이다.*

    4·3 사건 피해자와 유가족들은 참혹한 폭력 속에 살아남은 뒤에도 폭도, 빨갱이라는 지목을 받게 되는 것이 두려워 자신이 겪은 일을 함부로 발설하지 못했다. 가족과 이웃이 무참히 죽임을 당할 때의 순간은 오래된 영상처럼 머릿속을 맴돌며 그들을 과거 속에 머물게 한다. 그들은 빨갱이가 아니라고 말할 수 없었다. 말은커녕 울음소리조차 허락되지 않는 시대를 건너오는 동안 엄혹한 어둠 속에 자신을 가두어야만 했다.

    트라우마는 우리에게서 목소리를, 언어를 앗아간다. 과거의 기억에 갇힌 사람은 자신의 트라우마에 대해 오랜 시간 침묵한다. 아니 침묵해야만 한다. 그 일을 나의 목소리로 발화하는 순간, 자신의 공포, 불안, 분노, 죄책감, 수치심과 대면해야 하기 때문이다. 자신의 무력함과 연약함을 드러내는 순간 타인의 멸시나 질타를 받을 수도 있다는 두려움과 맞

---

*   유튜브 채널 〈씨리얼〉에서 2018년 4월 16일 취재한 신춘도 할머니와 〈스브스 뉴스〉에서 2019년 4월 3일 취재한 김연옥 할머니의 이야기를 참고했다.

서야 한다. 그러기에 차라리 말하지 않는 편을 택한다. 발화되지 못한 슬픔은 오랜 시간에 걸쳐 우리의 몸에서 변형을 일으킨다. 슬픔은 혈관을 타고 흘러다니며 감각을 무뎌지게 하고 그것을 언어로 표현하는 것을 차단한다.

4·3 사건을 증언하는 고완순 할머니는 인터뷰 도중 "나 이런 거 자꾸 하면 죽겠어, 자꾸 과거 생각이 나서, 나 이런 거 더 안 하고 싶은데" 하면서 울음을 터뜨린다.* 고백하건 대, 나는 그녀가 카메라 앞에 서기까지의 두려움과 그날의 기억을 떠올리며 단어 한 자 한 자를 고르며 말하는 그 수고 로움과 그것이 불러일으키는 고통에 대해 아무것도 모른다. 그 고통의 크기와 깊이를 나는 알지 못한다. 알지 못하니 들을 수밖에 없다. 그녀가 계속 말해주기를, 멈추지 않기를 바라면서 경청하는 것. 그리고 그 말들을 기억하는 것만이 내가 할 수 있는 전부다. 그리고 공부하는 것. 격렬한 고통을 겪은 뒤의 인간이 어떻게 변화하는지 알고 이해하는 것. 그 공부는 다시 나 자신에게로 돌아와 그곳에서부터 시작해야 함을 알고 있다. 자신의 슬픔을 인식하고 이해하기 위한 적 절한 언어를 찾고, 그것을 적재적소에 배치하여 문장을 형 성하고, 그것으로 말들의 흐름을 이뤄나가는 과정 속에 있

* KBS 제주 4·3 70주년 특집 다큐멘터리 〈그날〉(2020.03.27.)

는 것. 그것만이 내가 할 수 있는 유일한 진실된 행위임을 안다. 자신의 슬픔을 이해하지 못하고 그 속에 자리한 무수한 타자의 흔적을 발견하지 못한다면, 타인의 슬픔은 가닿지 못할 영원한 불모의 땅이 될 것이기에.

당신은 역사의 표현이다

공통 언어* 　개인의 상처가 침묵을 뚫고 발화되어, 자아라는 견고한 벽을 허물며 인간성과 공동 운명이라는 타자의 발견으로 나아갈 때, 개인의 언어는 보편의 언어가 된다.

* 이 단어는 에이드리언 리치의 시 「의식의 기원과 역사」에서 가져왔다.(『공통 언어를 향한 꿈』, 허현숙 옮김, 민음사, 2021)

현기영 소설가의 「순이 삼촌」의 배경이 된 제주시 북촌리의 너븐숭이 4·3기념관에는 애기무덤이 있다. 너븐숭이는 '넓은 언덕'이란 뜻으로 현기영 작가의 표현을 빌자면 '시커먼 현무암들'이 너른 마당처럼 펼쳐져 있는 언덕이다. 동백꽃들이 비를 맞아 진흙 위에 꽃송이를 떨어뜨려 땅 위에서 더욱 새빨갛게 빛나는데, 이곳에 4·3 때 희생된 아이들을 묻은 돌무더기가 있다. 그것들을 한참 바라보고서야 나는 '검은' 돌과 '시커먼' 돌 사이에 놓인 심연을 알아차리기 시작한다. 고통을 겪은 사람들의 눈에 저 바위는 그저 검은 돌이 아니라, 절망의 색을 띤 시커먼 돌이다. 비를 맞은 비석들은 움푹 팬 밭에 시신처럼 쓰러져 있다. 이 비석들 또한 시커먼 색이며 그 돌 위에 피로 새긴 기억처럼 「순이 삼촌」의 글귀들이 새겨져 있다. 이 밭에서 마치 뽑혀 나간 무처럼 쓰러져 죽은 사람들. 그 시신들의 거름을 먹고 그해 고구마 농사는 풍년이 들었다고 현기영 작가는 썼다. 그리고 그 밭의 주인이었던 순이 삼촌은 홀로 살아남아 밭을 일구었다. 그곳을 떠나지 못하고 30여 년을 같은 장소에서 살았다.

나는 순이 삼촌이 자살하기 전에 보였던 신경쇠약 증세가 내 어머니가 자살하기 전 보였던 증상과 상당히 유사한 것을 발견했다. 누군가 자신을 비난하는 것 같은 환청이 들리고 그로 인해 피해망상의 늪에 빠지며 주변 사람을 의심하고 공격적으로 대한다.

역사의 상처와 개인의 상처는 어떻게 연결될 수 있을까? 역사적 비극은 결국 개인의 비극으로 이어진다. 그것을 겪은 개인은 자신의 몸속에 남은 깊은 상흔과 함께 살아가야 한다. 그것은 삶을 통해 재구성되고 살아 움직이는 유기체와 같다. 순이 삼촌이 30여 년의 시간 동안 고구마밭을 떠나지 못하고 그 밭에서 죽은 사람들의 유골을 수습하며 밭을 일구고 물질하며 자식들을 거둬 먹였을 때, 내 어머니는 집을 떠나지 못하고 자식 셋을 키워 대학에 보냈으며 말년에는 건물 청소를 하며 살았다. 나는 어머니에게 왜 아버지와 이혼하지 않냐고 물어보았을 때 어머니는 "이제까지 우리 집안에서 이혼한 사람은 단 한 명도 없었다"라고 답했다. 어머니의 뼛속까지 내재화된 가부장제의 악습에서 나는 그녀를 구해줄 수 없다는 무력감에 빠져들었다.

4·3 특별법이 지정되기 전까지 유가족들이 30여 년의 침

묵 속에서 바랐던 것은 진실을 밝히고 희생자들을 위한 진혼비를 세워 그들의 넋을 진정으로 위무하는 일이었다. 그리고 그들은 증언하기 시작했다. 그날의 일에 대해. 그날의 진실에 대해. 진실을 말하는 일은 고통스럽다. 그 과정은 곧 언어의 진실을 찾는 과정이기도 하다. 그 고통으로 발견한 언어가 동시대를 살아가는 사람들의 삶 속에 아로새겨진다. 개인의 언어가 공통의 언어로 변모하기 시작하는 순간이다. 바로 이 말하기의 순간에 개인의 삶은 역사가 된다.

나는 내 어머니와 같은 시간 속에 있었고 그 시간 속에 내가 봐왔던 것을 여기에 기록한다. 그녀에게 언어를 되돌려주는 것. 죽은 자를 위해 살아 있는 자가 대신 말하는 것. 그 과정 속에 개인의 상처가 역사가 되는 길 위에 선다고 믿는다. 나는 개인의 전쟁을 치른 내 어머니와 집에 갇혀 죽은 다른 어머니들을 위한 진혼비를 세울 것이다. 그녀들의 영혼이 더 이상 시커먼 절망 속에 있지 않도록. 그녀들의 삶이 곧 역사가 되도록.

내가 말할 수 있는 것보다 더 큰
영광과 슬픔

우는 존재 오직 눈물만이 중력의 흐름을 거슬러 아래에서 위로 솟구친다.
운다는 것은 폭력적인 세상의 흐름에 역행하는 일이며, 고통에 대한 감각
을 벼리는 일이다. 고통에 무뎌질수록 눈물이 메마르게 되며 울 수 없게 된
다. 자주 운다는 것은 나약함의 증표가 아니라, 살아 있음의 증표다. 삶을
사랑할수록, 당신을 사랑할수록, 우리는 '우는 존재'가 되어간다.

김녕에 온 지 한 달이 되어가는 동안, 나는 이곳이 제주에서도 가장 한갓지고 고요한 곳인 줄로만 알았던 나의 무지에 한탄했다. 가장 조용한 곳인 것은 맞지만, 가장 소란스러운 곳이기도 했다. 김녕은 사납고 거센 바람이 부는 북제주 해안가 마을인 것이다. 그리고 그 바람은 실로 어마어마해서 눈에 보이지 않는 대기의 흐름만으로 돌멩이며, 풀이며, 청둥오리며, 떠돌이 개며, 벚꽃이며, 모자며, 전봇대며, 쓰레기통이며 할 것 없이 모두 날려버릴 기세로 사납게 분다. 바람의 기세에 도대불* 언덕배기의 참억새는 허리가 꺾여 땅에 바짝 붙어 누워 있다. 따개비들은 바람에 날아가지 않으려는 안간힘으로 온 힘을 다해 바위 위에 붙어 있고, 해초들은 검은 바위 위에 지친 육신을 길게 늘어뜨리고 있다.

* 김녕 성세기알 바닷가에 세워진 옛 등대

이곳에 와서야 나는 비로소 바람이 '운다'는 것을 알게 되었다. 밤이 깊을수록 그 소리는 더욱 거세어져서 통곡이 된다. 이 곡소리가 지친 목소리로 내 숙소의 창문을 밤새도록 두드린다. 그러고도 창문을 열어주지 않으면 바람은 문과 벽의 틈새로 들어와 숙소 건물 전체를 타고 흐른다. 벽을 타고 흐르면서 복도에서 계단에서 곡소리를 내고 자동 센서가 달린 등을 깜박이고 간다.

바람은 울다가 지치면 신음한다. 『폭풍의 언덕』에서 창밖에서 서서 애원하는 캐서린의 유령과 같다. 황야에서 20년 동안 떠돌다 집으로 돌아왔지만 불빛이 켜진 집 안으로는 들어갈 수 없는 망자의 비통한 목소리 같다. 바람은 보이지 않는 소리로 사물에 가닿고 파열하며 제 존재를 드러낸다. 방파제 쪽을 걸을 때면 그 바람은 살 속을 파고들어 내장을 찌르고 머릿속을 휘저어놓고 나간다. 그러면 나는 사람이 싫어 세상에서 가장 고요한 곳에 온 나 자신을 원망하기 시작한다. 사람의 온기라곤 느낄 수 없는 이 대자연의 흐름에 그저 깃발같이 나부끼기만 하다가, 숙소 마당 한구석에 몸을 웅크리고 앉은 백구 두 마리를 천천히 쓰다듬는다. 암컷인 두 자매는 바짝 붙어 앉아서 서로의 온기에 기대어 바람을 견디고 있다. 한 녀석이 벌떡 일어나 마당 밖을 서성이는 떠돌이 개들을 향해 맹렬하게 짖어댄다. 그러면 그 소리는 모진 바람을 타고 저 먼 산속의 깊은 어둠에까지 가닿는다. 산짐승들도 바람을 피해 몸을 웅크린 채 제 새끼들을 껴안고 침묵하고 있다. 부엉이들은 눈을 껌벅이면서 밤의 정령처럼 어둠을 응시하고 있다. 바람은 잠들지 말고 깨어나서 신음하는 목소리들을 들으라 한다.

그 외로운 산들을 드러낼 수 있는 것은 무엇일까.
내가 말할 수 있는 것보다 더 큰 영광과 슬픔,
인간의 마음을 깨우는 대지는
천국과 지옥의 세계를 중심에 둔다.*

바람은 내 몸속에 들어와서 뼈를 휘감고 공명하는 소리가 된다. 우리가 외부 세계의 소리를 몸속으로 받아들여 그 소리와 내 몸이 함께 울리는 존재가 될 때 우리는 다른 존재로 '전이'되는 경험을 하게 된다.

2000년 일본군 성노예 전범을 재판하기 위해 생존자들의

---

*   에밀리 브론테의 시 「스탠자스stanzas」의 마지막 연을 필자가 번역하여 인용하였다. 원문은 다음과 같다:
What have those lonely mountains worth revealing?
More glory and more grief than I can tell:
The earth that wakes one human heart to feeling
Can centre both the worlds of Heaven and Hell.

증언을 책*으로 편찬한 여성국제법정 증언팀은 증인들의 말을 경청하고 그 구술된 언어를 문자화하여 편집했다. 그 과정에서 자신들 또한 이 전쟁 범죄의 '증인'이 되는 존재의 전이를 경험했다고 한다. 그래서 이들이 수년의 시간에 걸쳐 완성해낸 이 증언집은 타인의 고통에 다가서기 위해 우리가 어떤 태도와 방법론을 취해야 하는지를 정리한 거대한 교과서와 같다. 증언팀은 면접자로서 생존자의 기억을 '말'로써 이끌어내고 그 말을 '들음'으로써 기억의 복구와 고통의 재현을 돕는다. 증언팀이 모인 시점인 1999년을 기준으로 60년 동안 응결된 침묵과 방관의 시간을 뚫고 한 사람의 목소리가 되어 나오는 과정 자체가 지난했었음을 그들은 고백한다. 생존자 분들은 기억이 훼손되거나, 건강이 악화되거나, 기억이 남아 있더라도 그때의 일을 직접적으로 말하기를 회피하거나 하는 저마다의 상태에 처해 있었기에, 증언팀은 그들이 하고 싶은 인생 전체의 이야기를 '듣는' 것부터 시작했다고 한다. 즉 상처로 인한 고통은 위안부 사건 자체에 국한되는 것이 아니라 생존자 인생 전체를 포괄하는 현존의 문제이기 때문에 증언팀은 위안소에서의 생활을 '캐

---

* 『강제로 끌려간 조선인 군위안부들 1~5』, 한국정신대문제대책협의회, 한울·풀빛, 1997~2001

묻는' 행위를 지양했다고 한다. 그들이 취할 수 있는 최선의 태도는 생존자 한 명 한 명의 에스프리, 즉 마음과 혼을 파악하는 일이었다. 이때 생존자의 말뿐 아니라 그들의 침묵과 몸짓도 함께 이해하는 것이 포함된다. 이렇게 듣고, 녹취하고, 텍스트화하고, 해석하고, 편집하여 완성된 기록은 독자들에게 전달됨으로써 위안부 사건과 무관한 제3자가 피해자들의 아픔을 이해할 수 있는 역할을 한다. 애초에 이 증언집은 2000년 국제법정을 위한 자료 수집의 일환으로 기획되었지만, 이 책이 만들어지는 과정에는 인간의 몸에 각인된 고통이 어떻게 기억의 언어로서 재현되고, 한 개인의 역사가 전체의 역사와 함께 맞물리며 그 존재를 드러내는지를 보여준다.

증언은 비언어적 감각의 차원을 포함하는 울림의 영역에 자리한다. 이렇게 보면 증언집은 증언이라는 음악을 기록하고 상상하게 하는 악보라고 할 수 있다. 그것은 말을 듣고, 기억하는 것이자, 말하는 이를 느끼며, 그 울림에 공명하는 것이다.*

* 『강제로 끌려간 조선인 군위안부들 4: 기억으로 다시 쓰는 역사』(개정판), 풀빛, 2021, 43쪽

목소리도, 언어도, 역사도 되지 못하고 사라지는 목소리들이 더 많음을 우리는 알고 있다. 우리가 어쩌지 못하고 책임지지 못하고 사라져간 무수한 목소리들 앞에서 우리는 다만 살아가기 위해 침묵하며 오늘의 생존에 허덕이게 된다. 영화 〈아이캔스피크〉에서 동네 슈퍼를 운영하는 진주댁은 봉원 시장에서 오래 알고 지내던 나옥분 할머니가 위안부 피해자임을 우연히 알게 되고 나서 한동안 그와 눈을 마주치지 못한다. 그녀는 왜 옥분 할머니를 피했을까. 우리는 누군가의 고통이 바로 내 곁에 가까이 '있음'을 알게 되는 순간, 그것을 정면으로 바라보는 일을 두려워한다. 그 심연 속에 들어가 그 사람과 함께 허우적댈까 봐, 그를 구해내지 못할까 봐, 자신의 무능과 맞닥뜨리게 될까 봐 직시하지 못한다. 그런 진주댁의 모습이 곧 나의 모습임을 나는 고백한다.

한 개인이 겪은 고통이 역사적 맥락 속에 놓인다고 해서 그 고통이 온전히 드러나는 것도, 이해되었다고도 할 수 없다. 그러나 오직 고통만이 실재하는 진실을 말해준다. 누군가는 닳고 닳은 역사적 문제라고 냉소하고 비아냥거리는 현재에도 일본은 과거 청산을 위한 일관되고 지속적인 사죄를 여전히 이행하지 않고 있다. 이에 대해 생존자들은 현재에도 계속해서 목소리를 내고 있다.* "고통스러운 표정이 나

는 좋아, 그게 진실하다는 걸 알기에—"라고 말한 에밀리
디킨슨의 시와 같이 고통의 표정이 말해주는 무언의 진실
과 언어 사이의 간극을 메꾸는 작업을 조금씩 지속해나가
는 일. 언어로서 징검다리를 놓아가며 타인의 고통에 다가
서는 일.

샷시 문을 열고 테라스로 나가니, 귀신처럼 기이한 울음
소리를 내던 바람은 내 몸을 순식간에 통과해 방 안으로 밀
고 들어가 그릇들을 덜거덕거리게 한다. 그제야 바람은 소
리를 내지 않으면, 사물들에 가닿지 않으면, 제 존재를 드러
낼 수 없어 서러워 우는 것이 아닐까 생각하게 된다. 그 바
람에 어둠 속에 출렁이던 파도는 하얗게 부풀어 더욱 위태
롭게 춤을 춘다. 격랑의 화가라 불리던 변시지 화백의 그림
처럼 태풍과 절벽, 사람 하나, 조랑말 하나, 낮은 돌담, 초가

---

* 2023년 12월 9일, 일본군 위안부 피해자·유족의 손해배상 청구 소송
  2심에서 일본 정부의 배상 책임이 있다는 법원 확정 판결이 내려졌
  다. 사법적으로 승소했음에도 일본 정부는 1960년 고사카 젠타로 외
  무상의 첫 유감 표명 이후 사과와 망언 사이를 64년째 오가며 일관된
  책임을 회피하는 중이다. 이용수 할머니를 비롯한 생존자들은 이에
  대해 진정성 있는 사과와 법적 배상을 지속적으로 요청하고 있다. 참
  고: https://news.sbs.co.kr/news/endPage.do?news_id=N1007125070
  열람 일자: 2023.12.23.

집, 누운 소나무들이 보이는 것만 같다. 바람은 그 어디에도 보이지 않는데 그 어디에서도 그 존재를 느낄 수 있다. 바람은 갈기갈기 찢어져 기어이 사라지고야 말 자신의 숙명으로 우리의 영혼을 산산이 흩어놓고 광기와 두려움에 빠지게 하지만, 그 속에서 휘청이며 서 있는 인간의 존재를 응시하게 한다. 그것은 인간의 가련한 운명을 응시할 뿐 아니라 자연의 흐름 속에 우리가 절대적 근원으로 회귀할 수 있음을 말해준다. 자신의 몸이 하나의 악기처럼, 새처럼 목구멍을 타고 흐르는 공기의 흐름을 느끼며 '우는 존재'가 될 수 있음을 일깨워준다. 그렇게 우리는 개인의 상처에서 인간의 고통에 공명하는 존재로 변해간다. 침묵의 심연에서 살아 있는 목소리를 길어 올리는 존재가 되어간다.

사랑하는 마음은 무성하고
깊고 그윽하네

고독　외로움은 비자발적 홀로됨의 '상태'나, 고독은 홀로됨을 자발적으로 '선택'하는 행위다. 외로움이 암흑 같다면, 고독은 칠흑 같다. 외로움이 빛이 소거된 암담함이라면, 고독은 빛을 품은 어둠이다. 외로움이 결핍의 허무라면, 고독은 충만한 공허다.

바람비가 오는 날, 나는 부추전에 막걸리를 곁들인 점심을 먹고 나서 우비를 입고 산책을 나선다. 해안을 끼고 걸을 수 있도록 조성된 산책로에는 엄지손톱만 한 작은 게들이 길목 위로 나와 빠른 속도로 걸어 다닌다. 내가 멈추고 주시하면 게도 멈추고 나를 주시한다. 내가 왼쪽으로 움직이면 게는 오른쪽으로 움직이고 내가 재빨리 멈추면 그도 멈춘다. 우리는 잠시 그렇게 거울 놀이를 한다. 산책길 왼편에는 로즈메리가 무성하게 자라나 있어 짙은 향내와 갯바람이 콧속을 훑고 간다. 산책로가 끝나는 지점에 우두커니 불 밝힌 김녕미항 식당 근처 바다 쪽으로 기울어진 아스팔트 경사로가 보인다. 해초와 이끼로 뒤덮인 경사로는 빗물로 더욱 미끄러워져서 자칫 발을 헛디디면, 솟구치는 파도가 흰 물갈기를 일으키며 내 몸을 휩쓸어 심연으로 끌고 들어갈 것 같다. 검은 현무암들이 옹기종기 모여서 술 취한 내가 황천길 갈까 조마조마하게 지켜본다.

해안 도로변을 걷다 보면 양식장 주변 물속을 경중경중 걷던 회색 왜가리가 갑작스러운 사람의 등장에 후드득 날아오른다. 길섶에 핀 보랏빛 무꽃들은 작고 여린 얼굴들을 맞대고 군락을 지어서 모진 바람을 견디고 있다. 천막을 둘러치고 전복, 오분작, 멍게를 파는 작은 식당은 조도가 낮은 전등을 켠 채 주인이 홀로 빈 그릇을 닦으며 손님을 기다린다. 온화하고 부드러운 날의 해안보다 사나운 광풍이 부는 해안은 시시때때로 위태로워 사람의 영혼을 잡아끄는 데가 있다. 도로변에 자란 강아지풀과 새풀들은 매서운 바람에 휘청이면서도 서로에 의지해 그 자리를 지키고 서 있다. 돌담을 둘러친 들판에는 청보리들이 일제히 땅에 몸을 뉘고 포복해 있다.

이제야 나는 알 것만 같다. 내가 왜 이 외딴 바닷가 마을로 왔는지. 나는 자연의 소란스러움과 격렬하게 약동하는 생명의 움직임 속에서 나 자신이 살아 있음을 확인해야 할 것만 같았다. 출퇴근을 위해 왕복 3시간을 지하철에서 보내던 그 시절로는 다시는 돌아갈 수 없을 것만 같았다. 서울의 사람들과 인천, 경기에서 서울로 통근하는 사람들이 그 어두컴컴한 지하에서 하루의 대부분을 보낸다는 엄연한 사실 속에서 우리가 통과하고 있는 지하 터널의 삶에 대해 생각한다. 우리는 왜 이 지긋지긋한 노동에서 벗어나지 못하는가. 무엇이 우리 삶의 대부분을 노동에 할애하도록 만들었는가. 아침 7시 무렵의 지하철에는 빼곡히 사람들로 가득차 있고, 운 좋게 앉을 자리를 마련한 사람은 부족한 잠을 잘 수 있는 행운을 누린다. 그렇지 못한 사람은 손잡이에 몸을 간신히 지탱한 채 졸고 있는 다른 이의 얼굴을 망연히 바라보거나, 핸드폰 화면에 시선을 박은 채 지하에서의 시간을 묵묵히 견디며 터널을 통과한다. 그 아침 시간의 지하철은 언제나 그렇게 조용하기만 하다. 모두 자신이 수행해야할 하루치 노동의 양을 가늠하느라 그 아침의 지하철에서는 아무도 함부로 쉽게 떠들지 않는다. 나는 그들의 얼굴에서 깊은 피로와 갈증을 본다. 최근 2년여 동안 출퇴근 시간에 전국장애인차별철폐연대의 지하철 이동권 투쟁이 지속되면서 시민들의 통근길은 더욱 힘겨워졌고, 시위는 목숨을 건 싸움이 되었다. 시민들은 불편을 겪는 수준이지만, 전장연은 시민들에게 목숨을 걸고 '평등권'이란 의제를 외쳤다. 지하철은 무관심, 방관, 구호가 난무하는 생존 투쟁의 장이었다. 피로에 찌든 서울 시민에 불과했던 나는 매일 아침 지하철의 손잡이에 매달린 채로 그 싸움의 한가운데를 통과하던 중 무심코 내 몸에 병이 든 것을 발견했다. 더는 이 현장에 내 몸을 실을 수 없음을 알게 되었다. 그 아침의 지하철에서 모두 그렇게 굳게 입을 다물었던 것은 삶이 고통스러울수록 우리는 깊은 침묵 속으로 침잠해 들어가기 때문이다. 침묵 속에서 우리의 영혼은 점차 가난해져간다. 영혼이 빈곤해질수록 몸은 병들어간다. 자신의 존재가 거의 흐릿해져갈 때쯤 몸의 질병은 그렇게 터져 나와 영혼이 쏘아 올린 폭죽과 같은 신호탄이 된다. 자신이 아직 살아 있음을 알리는 생존 신고.

돌 위에 앉아 있는 벙어리 새,

벽에서 떨어지는 축축한 이끼,

수척해진 가시나무, 우거진 산책로,

나는 그것들을 사랑하고, 또 얼마나 사랑하는지!*

요크셔의 황량한 고원에서 꼿꼿하게 살던 이 젊은 시인이 말 못 하고 수척해진 것들을 사랑하듯, 나는 아픔을 품은

* 에밀리 브론테의 시 「잠시 동안A Little While」의 5연을 필자가 번역하여 인용하였다. 원문은 다음과 같다:
The mute bird sitting on the stone,
The dank moss dripping from the wall,
The thorn-trees gaunt, the walks o'ergrown,
I love them—how I love them all!

것들을 사랑하게 되리라, 예감했다. 내가 입원해 있던 병실은 쓸쓸한 벌판이자, 아픔을 응시하는 공간이었다. 나는 그곳에서 겨울비를 맞는 야생의 부엉이처럼 웅송그린 채 다른 아픈 존재들을 그려보게 되었다. 인간에 대한 불신에 가득 찼던 내가 과연 타인을 품을 수 있을까? 그러려면 자신의 고통부터 직시하고 이해해야 하지 않을까? 자신에 대한 이해에서 회복은 시작되며, 내 아픔과 닮은 얼굴을 가진 이들에 대한 감각이 깨어나기 시작한다. 나의 아픔이 타인의 아픔을 향해 흐를 때, 제 안에서 침묵하던 상처의 고름이 비로소 숨을 쉬기 시작한다.

통증을 간직한 존재들은 등을 웅크리고 견디는 법을 안다. 그렇게 자신만의 조용한 처소에서 작은 짐승처럼 제 무릎을 끌어안는 존재들. 밤의 어둠을 견디고 단정하고 순하게 아침을 맞이하는 존재들. 마치 지상에 내리는 첫눈처럼. 스스로 환해지다가 사라지는 것들. 지하철 출근길 의자 한편에서 웅크리고 잠든 이들, 선 채로 간신히 졸음을 쫓는 이들, 지상으로 나가기 위해 지하의 삶을 견디는 도시의 노동자들, 끝 모를 투쟁을 위해 지하로 내려가는 시위대들… 이들 모두의 기울어진 어깨 위로 첫눈이 떨어질 때 그 환해지는 순간을 믿게 되는 것.

눈이 많이 내린 아침, 망원역에서 내려 조용한 골목길을 걸어 출판사로 출근하는 길이면 그 하얀 눈길이 좀 더 길었으면 했다. 뽀득뽀득 차가운 눈을 밟을 때면 나는 잠시 내가 노동자임을 잊게 되었다. 골목 모퉁이에 있는 수녀의 집을 돌아갈 때면 마음은 눈처럼 깊고 고요하고 환해졌다.

건물 안으로 들어서면 물걸레질을 하고 계시는 청소 아주머니와 마주친다. 아침 일찍 출근하는 나를 언제나 환하게 웃는 얼굴로 맞아주시는 아주머니. 하루 중 가장 먼저 만나는 사람. 우리는 엘리베이터에서나, 계단에서나, 사무실에서나, 탕비실에서 마주칠 때면 싱거운 대화를 했고, 고단한 하루의 시작에서도 웃음을 잃지 않았다. 그녀를 보면 나는 자꾸 웃게 되었다. 자꾸 어머니 생각이 나서.

그 겨울을 통과하여 나는 광풍이 부는 초봄의 제주 바닷가 마을로 오게 되었다. 나는 글을 쓰는 노동자가 되었다. 나는 오로지 글을 쓰고 산책하기 위해 바닷길을 걷게 되었다. 나는 자주 취했고, 바람을 수도 없이 맞았다. 곧바로 감기를 앓았다. 시간이 아주 느리게 흘러갔다. 흐르면서 몰아치는 파도들을 오랫동안 바라보았다. 이마에 들끓는 열기처럼 나는 책을 만들던 내 노동의 시간들을 아로새기기 시작했다. 그 노동으로부터 도피해온 시간 속에서 말이다.

그리하여, 새처럼,

혹은 배처럼,

우리의 여름은 그녀의 빛을

미의 세계로 도피시켰다네*

해안 도로변에서 서 있던 나는 문득 너무 많이 걸어왔음을 깨닫는다. 나는 시간의 흐름을 잊게 되었다. 대신 자연 속으로, 미의 세계로 도피하게 되었다. 그 자리에서 돌아서서 왔던 길을 따라 걸어 돌아간다. 입고 있던 노란 우비는 비바람에 휘날리고 바람이 살 속으로 파고든다. 저 멀리서 떠돌이 개가 비를 맞고 서 있다. 젖은 솜털 뭉치 같은 몰골로 꼬리도 늘어뜨리고 귀도 늘어뜨린 채 쓸쓸한 눈으로 나를 쳐다본다. 그러다 종종걸음을 치며 산책로 밖을 훌쩍 벗어나 양식장 뒤편으로 몸을 숨긴다. 세상으로부터 몸을 숨긴 나처럼.

'자산慈山'은 '흑산黑山'이다. 나는 흑산에서 귀양살이를 하고 있는데, 흑산이라는 이름은 어두운 느낌이 들어서 무서웠다. 집안사람의 편지에서는 번번이 흑산을 자산이라 표현

---

* 에밀리 디킨슨 지음, 윤명옥 옮김, 「슬픔처럼 살며시 여름이 사라졌네」, 『디킨슨 시선』, 지식을만드는지식, 2011

했다. '자兹' 역시 검다는 뜻이기 때문이다.*

자발적 도피를 택한 나는 정약전이 유배지에서 써 내려간 이백여 년 전의 위 글에서 고독을 새로이 해석하는 법을 배웠다. 고독을 선택한다는 것은 "음험하고 죽은 검은색黑이 아니라, 그윽하고 살아 있는 검은색兹"**의 세계로 나아가는 일이기 때문이다. 이 검을 자兹에 마음 심心을 더하면 사랑과 자비의 자慈가 된다. 사랑하는 마음은 무성하고, 그윽하고, 깊은 검은색의 마음들이 모여 생겨난다. 고독 속에서 사랑하는 마음이 풀처럼 자라난다.

해마다 3~5월이면 몸속에 알을 품은 서해안의 주꾸미들이 낮이면 바위틈이나 바위 구멍 속에 몸을 웅크리고 있다가 어둠이 내려앉은 밤이면 산란을 위해 활동한다. 『자산어보』에서 '웅크린 물고기蹲魚'라 일컬었던 그 연체 생물은 고독을 퍽 사랑하는 어류에 속하는 것 같다. 이들은 자신을 보호하기 위해 바위와 비슷한 색인 회색으로 자기 몸의 색깔을 위장한다.

나는 제주란 섬의 검은 바위들에 몸을 웅크리고 될수록

* 정약전·이청 지음, 정명현 옮김, 『자산어보』, 서해문집, 2016, 30쪽
** 영화 〈자산어보〉 속 정약전의 대사에서 인용하였다.

낮게 포복하여 작고 여린 것들에 몸을 기대어 아팠던 마음의 상흔들을 그려본다. 고망난 돌이라 불리는 이 바위들의 무수한 구멍은 우리 마음의 상흔들과 같다. 화산의 폭발하는 열기들이 그들의 몸을 뚫고 나오듯, 파열의 기억을 몸에 지닌 채 살아가는 것. 이 상처의 무늬들이 바위 위나 바위틈에 붙은 따개비 군락이나 거북손, 담치, 군부, 바위살랭이처럼 살아 있는 것들의 은신처가 된다. 나는 이 깊고 그윽한 색을 품은 고독의 생명체들을 오래도록 사랑하겠다고 생각한다.

나가며

2023년 여름의 초입, 나는 제주 지역을 4개월간 여행한 끝에 조용한 동쪽 마을에 집을 얻게 되었다. 마당이 있는 작은 집이다. 온종일 마당에 무성히 자란 잡초들을 베어냈다. 낫을 들고 땅 위에 쭈그려 앉아 이 땅과 가까워지려는 듯이 깊게 뿌리 내린 이름 모를 풀들을 뽑아냈다.

'세상에서 가장 고요한 나만의 처소'. 이곳을 나는 이렇게 명명하고 싶다. 고독과 햇빛과 바람과 별이 있는 곳. 나는 땅 위에 온종일 몸을 숙인 채 박경리와 에밀리 디킨슨을 생각했다. 언젠가 박경리 작가를 인터뷰한 다큐멘터리에서 그녀가 오전 시간에 대부분 밭일을 하며 시간을 보내는 모습을 보여주었다. 허리가 좋지 못한 그녀는 쭈그려 앉지 못해 땅 위에 철퍼덕 몸을 엎드려서 고추를 땄다. 옷이 더러워지는 것쯤이야 그녀에게는 대수로운 일이 아니었다. 말 그대로 그녀는 뱀처럼 땅 위를 기어다니며 대지를 끌어안을 기세로 밭일에 열중하고 있었다. 그런 그녀를 생각하며 잡초를 뽑아내던 나는 어떤 희열을 느꼈다. 온몸으로 땅과 가까워지는 일. 나는 이 땅에 어떤 모종들을 심을지 상상하기 시작했다. 그제야 나는 알 것만 같았다. 내가 오직 원하는 것은 고독과 육체노동 그리고 글을 쓰는 일이라는 것을. 그것이 이 고요한 처소에서 가능해지게 된 사실에 나는 기쁨을 느꼈다.

나는 추방되었고, 내가 있던 곳에서 아주 멀리 떠나왔다. 그리고 새로운 정착지를 발견했다. 어머니가 나를 그녀의 세계에서 추방하지 않았다면, 나는 결코 새로운 땅을 발견하지 못했을 것이다.

밤은 엄마처럼 노래하며 별을 맞으러 나온다. 별은 인간적인 다정함을 품고 피어난다. 별이 빛나는 밤, 인간다워진 하늘은 세상의 고통을 이해한다.

순수의 노래는 비가 되어 평원을 씻어 내리고, 서로 경멸하는 인간들이 만들어낸 비열한 세상의 대기를 씻어 내린다. 쉼 없이 노래하는 여인, 그 노래로 고귀함을 얻은 하루가 별을 향하여 숨을 불어내며 일어난다! (…)

대환란이 닥치면 사람들이 자신들이 등불로 여기던 돈이나 아내나 애인을 잃고는 그제서야 네가 진정한 부자였음을 알리라, 가진 것도 없고 아이도 없이 적막한 집에 있을지라도 그 등불의 빛이 네 얼굴을 감쌀 테니까.*

바람이 거센 이 처소는 밤이면 모진 바람들이 정원의 나무들을 흔들어 젖히고 그 나뭇가지들은 끊임없이 유리창을 두드리며 문을 열어달라 외친다. 예전의 나였다면 두려움에 떨며 그 소리들이 자아내는 광기 어린 외침들에 몸서리를 치며 몸을 웅크리고 있었을 것이다. 그러나 오늘의 나는 문을 활짝 열고 마당으로 나가 온몸으로 바람을 맞고 휘어진 나뭇가지들과 몸을 비트는 정원수들과 땅 위에 포복한 잡초들을 살핀다. 쓰러진 빈 화분도 제자리에 가져다 놓는다. 그리고 평상에 누워 온몸으로 쏟아지는 별들을 받아낸다.

이곳은 적막하고, 나는 혼자다. 아이도 동물도 없이 오롯이 이 고요함을 받아들인다. 이 집에 이사 오느라 가진 돈도 바닥이 나버렸다. 그럼에도 나는 마치 이곳에 오기 위해 태어난 자처럼 깊은 평온함 속에 놓여 있다. 어떻게든 살아내보자, 이 낯선 땅 위에서, 하고 생각해본다. 이곳에서 쉼 없이 계속해서 글을 써나간 그 하루는 나에게 가장 고귀한 하루가 될 것이다. 나의 언어는 추방된 자들을 위한 변방의 언

* 가브리엘라 미스트랄 지음, 이루카 옮김, 「예술」, 『밤은 엄마처럼 노래한다』, 아티초크, 2023

어가 될 것이다. 에밀리 디킨슨의 시처럼 무명의 삶을, 변방의 삶을, 가장 낮고 비천한 곳에 피는 꽃과 잡초들의 삶을 나는 믿는다.

어머니, 당신의 숨결이 이 땅의 모든 곳에 스며 있다. 나는 당신의 숨결로 비로소 숨을 쉬고 아픈 것들을 헤아리기 시작했다. 나는 당신을 여기에 낳고, 당신이 대지 위에서 다시 태어나는 것을 목격한다. 정원에 청아한 노란색으로 피어난 알라만다 카타르티카. 그 수줍은 빛은 당신의 별이다. 멀리서 우는 개들의 울음은 당신의 울음이다. 세상에 생명을 품고 태어난 모든 것들의 울음이다. 나는 그것이 아프다. 태어나서 아프고, 아파서 살아 있고, 살아서 서러운 것들.

당신 덕분에 나는 다시 사랑할 수 있게 되었다. 아픈 몸들을 사랑하는 것. 작고 여리고 순한 모든 것들을 사랑하는 것. 우리의 존재가 매 순간 무無를 향해 걷고 있음에도 그 사라짐의 정량만큼 사랑하는 것. 당신의 맨몸을 감쌌던 수의의 색깔로 모든 색들이 바래어가는 순간을 사랑하는 것. 당신이 정신의 비탈을 타고 기울어지듯 당신의 기울어진 어깨를 닮은 이들을 사랑하는 것. 아슬아슬한 생의 줄타기를 하느라 어쩔 수 없이 휘청이는 당신들을 사랑하는 것. 당신의 눈망울을 닮은 조약돌 같은 것, 말간 것, 고요한 것, 침묵하는 존재들을 사랑하는 것, 둥그스런 박과 같은 당신의 엉덩이처럼 하얗고 포실포실한 둥그런 마음으로 다친 것들을 감싸는 것, 그것이 나의 길임을 나는 이제 안다.

제주에서 첫 가을을 맞이했을 때, 나는 종달리 소심한책방에서 '자기 해방의 글쓰기 교실'을 열게 되었다. 어머니, '당신'을 거쳐 내가 당도한 '당신들'의 이야기는 이 교실을 통해 손에 잡히는 현실로 다가왔다. 나는 오랜 시간 글을 만지고 다뤄온 편집자로서 나와 동시대를 살고 있는 사람들의 이야기와 목소리를 듣고 싶었다. 출판계 현장이 아닌, 출판계 밖에 있는 삶의 현장에서 살아가는 바로 그 사람들의 목소리를 말이다. 나는 그들을 나의 글쓰기 '동료'라고 불렀다. 그들은 나의 학생이 아니라, 나와 함께하는 동료들이었다. 제주 지역뿐만 아니라, 서울, 경상도, 충청도, 전라도 전국 각지와 해외에 사는 한국 분들이 나의 수업에 찾아와 주었다. 교실에 모인 사람들은 처음에는 자신의 이야기를 하는 것을 주저하고 머뭇거리며 자신의 내밀한 삶을 들려주는 것에 저항감을 보이는 경향이 있었다. 그래서 대체로 추상적이고 모호한 글들이 제출되었다. 나는 우리가 글 속에서 진실해야 하는 이유는 다만 글 자체의 완성도와 설득력에 필요한 구체적 근거들을 쌓아나가기 위함이라고 했다. 글의 완성도에 필요 없는 당신의 모든 것을 낱낱이 고해성사하듯 털어놓을 필요는 없다고 했다. 당신이 해방되고 싶어 하는,

바로 그 삶의 당면한 문제를 직시하기 위해서는 그만큼의 구체적 디테일로 직조된 삶의 이야기가 들어가야 한다고 했다. 동료들은 저마다의 속도로 자신의 진짜 이야기를 들려주기 시작했다.

어떤 분은 수업의 후반부에 이르러 자신의 진실된 이야기를 들려주었고, 우리는 함께 울기도 했다. 글쓰기 교실에서 함께 우는 일은 일종의 통과의례처럼 되어갔다. 그것은 자신을 가장 고통스럽게 하는 그 문제를 직시할 용기를 내기 시작했다는 신호이고, 진짜 글쓰기가 시작되었다는 청신호이기도 했다. 우리는 서로의 글을 비춰주는 거울과 같은 존재가 되었다. 즉 자신의 자아가 타인의 존재로 인해서 경계가 무너지고 열리는 경험을 하게 되는 것이다. 거기서 나의 슬픔과 당신의 슬픔이 만나 공명하게 되는 것이다. 그것은 상처받고 슬픈 사람끼리 모여 위무하는 것이 아닌, 슬픔에 길을 내는 과정이었다. 고통에는 힘이 있음을 자기만의 문법으로써 증명하는 과정이었다. 무조건적인 연대가 아닌 고통의 감각을 벼리는 과정이며, 자신을 바로 세움으로써 타인에게 손을 내미는 과정이었다. 자아를 내려놓고, 자신의 견고한 상처의 문제가 외부로 걸어 나가는 순간, 우리는 조금씩 자기 자신에게서 벗어나기 시작했다. 그것은 자아의 경계가 희미해지고 물처럼 흘러 서로에게 스며드는 과정이었다. 그것을 '해방의 길'이라 불러야 할까. 글쓰기 교실이 아니었다면 나는 그 소중한 삶의 면면을 보지 못했을 것이다. 나는 당신들로 인해서 각자의 고유한 목소리들이 빚어내는 만다라 형상의 노래를 듣게 되었다. 나의 말에서, 당신의 말로 이어지는 말들의 유장한 흐름이 보이기 시작했다.

이 모든 이야기는 나의 사랑의 여정이자, 글쓰기의 여정이다. 나는 글을 씀으로써 새로운 사랑의 형태를 발명하지 않으면 안 된다는 생각을 하게 되었다. 사랑의 약자였던 나, 내 어머니, 그리고 이 땅의 많은 여성이 자신이 스스로의 아이이자 어머니가 될 수 있음을 아는 데에서 사랑은 다시 태어난다고 생각한다. 그럴 때 우리는 더 이상 약자가 아니게 된다.

나는 어머니라는 난파선을 타고 오랫동안 떠돌았다. 그리고 그 난파선은 나의 방주가 되었다. 나는 그 방주에 홀로 있지 않다. 나의 방주에는 수많은 타자들이 있다. 글쓰기 수업을 하는 일은 사람을 껴안는 일이었기 때문이다. 나는 내가 타인을 껴안을 수 있는 사람이 될 것을 전혀 예상치 못했다. 오직 글을 통해서 가능해진 일이었다. 당신을 온전히 이해하는 일이 불가능함을 알면서도 다정함을 놓지 않는 것. 우리의 지성은 오직 사랑을 향해 있어야 한다는 것. 당신을 껴안기 위해 우리의 지성을 발동시키는 것. 그 헤아림의 시

도를 멈추지 않을 때, 우리는 죽음에서 삶으로 되돌아오게
된다.

나는 이 글의 도입부에서 "어머니의 말들은 어째서 정당
하고 온전한 말이 아닌, 단절되고 분절되고 비속한 언어들
의 진창으로 미끄러졌을까"라는 질문을 던졌다. 그 후 내
가 써낸 이 모든 글들은 그 언어들의 진창과 대결하는 일이
었다. 나의 언어가 당신을 훼손시키고, 당신을 모욕할 수 있
다는 것을 알면서도 나는 쓰는 것을 멈추지 않았다. 어머니
가 이 글을 읽게 된다면 그녀는 나의 따귀를 때릴 수도 있을
것이다. 이 글 속의 내 어머니는 살아생전의 실제 모습보다
는 그녀의 실루엣을 표현한 것에 불과하다. 나의 글은 공허
한 외침이자, 바람의 비명이다. 그것을 알면서도 나는 계속
썼다. 당신에 대한 사랑을 멈출 수가 없었기 때문이다. 나는
당신의 사랑을 더 이상 갈구하지 않는다. 이 글을 쓰는 것으
로 나는 당신의 사랑과 보상을 바라지 않는다. 나는 그저 사
랑을 '할' 뿐이다. 그럼으로써 여전히 살아 있고 싶을 뿐이
다. 사랑은 나로 하여금 계속 말하게 한다.

제주에서 보낸 시간이 해를 넘기고 새해를 맞이하게 되었
다. 한 해 중 가장 깊은 겨울, 1월의 제주는 시시각각 변하
는 여자의 내면을 닮았다. 어떤 날은 광풍이 무시무시하게
부는가 하면, 어떤 날은 싸라기눈, 우박이 뺨을 후려치고,

또 어떤 날은 눈부시게 온화한 하늘을 보여준다. 내가 사는 동쪽 마을 해안가를 매일매일 산책하면서 도깨동산에 서서 몰아치는 파도들을 응시한다. 이 언덕에 세워진 작은 시비에는 이런 시구가 있다. "파도에 밀려가서 살아오길 여러 날이었네. 힘쎈 부대각*은 깊은 바당을 떠도네. 도깨비가 춤을 춘다. 마음은 콩당 콩당. 살암시민 살아진다고. 오늘도 바당에 몸을 던져본다." 파도에 밀려가서 저승에 갔다가 도깨비의 춤을 목격하고 이승으로 돌아온 해녀처럼 나는 넘실대는 파도의 흐름에 내 삶을 맡길 것이다. 멀리 떠난 밤배가 등대의 불빛을 향해 돌아오듯 나는 이곳에서 불을 밝히고 죽음에서 삶으로 다시 돌아올 것이다. 그리고 당신에게 나는 조용히 속삭일 것이다. 살아내겠습니다. 당신을 사랑하듯, 소멸하는 나의 생과 모든 순간들을. 산 능선의 암흑을, 밤의 고독을, 짐승들의 울음을, 살아 있음의 고통을, 밤의 부엉이처럼 응시하며 앞으로 나아가겠습니다.

* 제주 무속 신화 속 영웅이자 평대리 부씨 집안의 시조. 대국과의 전쟁을 위해 군함을 이끌고 출정하였으나 혈족의 방해로 출정할 수 없게 되자, 무쇠 방석을 타고 바닷속으로 가라앉아 수장되었다.

작가의 말

이 글을 쓰는 동안 1년여의 시간이 흘렀다. 당신에 대해 이야기하기로 마음먹었을 때, 나에게는 여러 장벽이 있었다. 첫째, 당신의 삶과 고통을 온전히 이해한다는 일이 과연 가능한 일인가? 둘째, 자살에 대하여 말할 권리가 나에게 있는가? 셋째, 여성의 광기에 대하여 내가 제대로 알고 있는 것이 있는가? 넷째, 이 사회가 규정하는 '나이 든 여성'의 욕망은 말해질 수 있는 것인가? 다섯째, 한 개인의 내밀한 삶의 진실을 말함으로써 무엇을 이야기하고자 하는가?

나는 이 모든 질문의 장벽 앞에서 아무런 해답도 가지지 않은 채 당신에 대해 써 내려가기 시작했다. 이 글은 2023년 1월, 난소 수술을 받고 회복하는 시기에서부터 시작되었다. 수술을 받은 직후 마취에서 깨어났을 때, 나는 이런 생각을 했다. '이제 때가 됐다.' 그 말인즉슨, '말할 때'가 됐다는 뜻이기도 하고, 다시 '태어날 때'가 됐다는 뜻이기도 했다. 마치 죽음의 강을 건너 저승의 세계로 갔다가 다시 이승으로 돌아오는 바리데기처럼 나는 내 역할을 '수행할 때'가 됐다고 생각했다.

　자살의 여파는 마치 짧은 순간 번쩍이는 섬광 같았다. 그것은 인간들이 피부 없이 살아가는 어떤 다른 세상의 모습을 순식간에 드러내 보였고, 그런 뒤에는 그만큼이나 순식간에 사라져주어야 했다.*

이 책은 어머니의 자살이 나의 삶에 미친 영향과 그 상실의 폐허 위에서 그녀의 삶을 재건하고자 하는 이야기다. 나는 자살이라는 사건의 최초 목격자가 갖는 경험의 진실에 대하여 이야기할 필요를 느꼈다. 그 일은 한 인간의 영혼에 떨어진 폭격이자 대재난이었다. 자살의 여파는 한 개인의 내면에서 오랜 시간 지속하여 벌어지는 일이기에, 재난 이후 살아남은 자의 삶은 세상에 거의 드러나지 않는다. 나의 눈앞에서 부서진 당신의 몸을 마주하는 일. 눈앞에서 섬광이 번뜩이며 하나의 세계가 불길에 날아가고, 나의 눈도, 입술도, 심장도, 피부도 불길에 날아간다. 그 이후의 세계는

---

*　마리아 투마킨 지음, 서제인 옮김, 『고통을 말하지 않는 법』, 을유문화사, 2023, 42쪽

글자와 언어가 모두 지워진 컴컴한 폐허일 뿐이었다. 나는 나의 언어를 잃어버렸고, 어머니는 어머니의 언어를 잃어버렸다.

그리하여 나는 회복할 길 없는 불구로 태어난 자처럼 세상을 바라보게 되었다. 현재의 상태를 있는 그대로 바라보는 데에서부터 시작하는 수밖에 없었다. 부재하는 어머니의 상태에서 출발하여, 그녀의 부재가 나에게 던지는 불가해한 질문들을 강물에 떠가는 유해들을 주워 담듯이 건져 올렸다. 나는 그 수수께끼와 같은 질문들을 안고 답을 찾기 위한 여정에 오르게 되었다. 그것은 애초에 답을 찾는 것이 불가능하고 무모하며 위험천만한 길이기도 했다. 이 글을 쓰면서 나는 그녀의 죽음을 대변하는 자의 위치에 서기도 했고, 옹호하는 자의 위치에 서기도 했으며, 그녀의 광기를 이해하기 위해 정신분석학과 정신의학, 정신보건법과 인문서와 대중예술작품 들을 들춰보며 그녀를 정신질환자의 퍼즐에 맞춰보려고 시도했다. 그러는 한편, 광인의 역사 속에서 여성의 광기가 어떻게 다루어져왔는지 알아내려 시도했다. 또한 나와 어머니의 자궁 질환 경험을 통해서 여성의 자궁이 임신과 출산이란 기능 아래에서만 그 의미를 가지는 것인지 의문을 품게 되었다. 나는 우리의 개인사를 복기하면서 자궁을 둘러싼 의혹과 왜곡된 역사를 해체해보려 했다.

이 지나치게 광범위한 주제의 글쓰기는 어머니를 중심으로 펼쳐 보인 미완성의 퍼즐 도면에 불과하다. 어머니에 대한 기억을 한 조각 한 조각 끌어모으는 과정에서 시간 순서 또한 정연하게 배치되지 못했다. 인간의 기억을 선형적이고 논리적으로 배열하는 일은 부자연스러운 일이며 인위적인 구성이 될 수밖에 없음을 자각하던 시간이었다. 기억의 복구와 재현은 직선의 방식이 아닌, 무한 증식하는 프랙털처럼 하나의 기억이 다음 기억을 불러일으키고, 현재가 과거를, 과거가 현재를 불러일으키는 나선형의 순환 구조로 구성되었다.

이 모든 시도에도 불구하고, 어머니는 자신의 죽음에 대해 아무것도 말해주지 않았다. 다만 내가 할 수 있는 일에 대해 말해줄 뿐이었다. 여성의 죽음에 대하여, 질병에 대하여 말하며, 여성의 조건에 대하여 인식하기. 나는 이 과정에서 오로지 여성으로서 글을 쓴다는 행위 자체에 의미를 부여하게 되었다. 여성으로서 글을 쓴다는 것은 우리를 소멸시키려는 이 세계의 자연 질서를 유예시키고, 우리의 언어를 빼앗아 가는 기존의 질서에 저항하는 일이었다. 이 세계는 '말할 수 없는 것'에 대하여 차라리 '침묵'하라고 한다. 그것을 따르는 것은 겸손인가, 기만인가? 침묵하라고 강요하는 자의 실체가 있기는 한가? 그 실체가 불분명함에도, 침묵하도록 종용하는 것의 본질을 알아야만 했다. 그리고 그 뿌리에는 여성으로 살아가는 것의 '수치심'이 있었다. 수치심을 유발하는 사회문화적 시선과 역사와 제도가 있었다. 한 인간의 진실을 헤아리려는 시도조차 하지 않고 모든 고통을 이해했다는 제스처와 무분별한 연대, 종교적 구원을 통해 우리가 고통으로부터 해방될 수 있다고 말하는 것은 내가 말하려는 바와 정반대 선상에 있다. 나는 글을 씀으로써 어머니의 삶과 고통을 가늠하려는 무모한 시도를 하는 어리석은 인간으로 되돌아온다. 당신의 고통과 함부로 연대하기 이전에 당신의 삶이 처해 있던 인간의 조건에 대한 이해가 선행되어야 했기 때문이다. 그럼에도 당신을 온전히 이해한다는 것은 역시 불가능한 일이었다. '자살은 영원한 의혹'이라 말한 알바레즈의 말처럼 나는 그 영원한 미궁 속에서 헤매며 글을 쓰는 사람이 되었을 뿐이다.

글을 쓰는 과정에서 나는 어떠한 이질적인 언어들이 태어나는 것을 목격했다. 그 언어들을 '먼 데서 돌아온 자의 언어'라고 부르고 싶다. 글 속에서 내가 죽고, 당신이 태어나는 것을 목격했다. 내가 이 글 속에서 하는 말들은 망자가 되어 떠도는 당신의 말들을 받아적은 것에 불과하다. 그것은 내가 새롭게 떠나온 땅, 제주의 바다와 대기가 선사하는 '바람의 말'과 같았다. 눈에 보이지 않으나, 사물들에 부딪혀 파열하며 제 존재를 끝없이 드러내는 말들. 우리의 정신을 산산이 흐트러뜨리는 그 바람의 말들, 우리의 이성과 지성의 뿌리를 의심하게 하는 그 비논리성의 말들. 문밖에 서서 끊임없이 문을 열어달라 호소하는 망자의 말들 말이다.

바람은 대기를 타고 흐른다. 텅 빈 공허가 없으면 바람은 움직이지 못한다. 그 텅 빔이 나의 존재 조건이 되었다. 동굴의 암흑과 비어 있음. 그곳에서 비명처럼 터져 나오는 바람의 말들. 눈에 보이지 않으나 분명히 존재하는 세계. 그 비가시성의 세계에서 나는 동일한 '나'가 아닌 다양한 '타자들'이 되었다. 비정형의 물이 되었다. 물처럼 흐르고 적시며 당신에게로 스며들게 되었다. 때로 그 말들은 파도처럼 물갈퀴를 일으키며 검은 바위 위를 덮친다. 바람과 폭풍을 일으키며 난폭하게 자기 파멸을 향해 부서진다. 그렇게 포말이 되어 사라졌다가 다시 일어서며 해협을 위협하고 심연의 존재를 일깨우며 온다. 끊임없이 죽고 되살아난다. 마치 자연의 언어처럼 순환하며 무한 증식하는 세계. 나는 이 분열하는 말들의 꼬리를 붙들고 난파되지 않기 위해 간신히 매달려 있다.

나는 응급실에서 낯모르는 의사와 간호사, 경찰에 둘러싸여 발가벗겨진 채 죽은 당신의 몸을 본다. 당신의 그 몸에서 나 또한 발가벗은 채로 태어났다. 나는 당신의 몸에 하얀 모포를 덮어주고, 당신의 굳어버린 손가락을 나의 손가락으로 주무른다. 나는 그 굳은 손가락을 감싸는 내 손의 체온으로 글을 쓴다. 당신의 식은 몸을 나의 체온으로 덥히기 위해 글을 쓴다. 그리하여 나는 나의 몸으로 글을 쓴다. 당신의 세계가 차가운 눈의 나라로 옮겨가기 전에, 그 사라짐을 붙들기 위해, 나의 생명을 연료 삼아 언어의 불을 지핀다.

내가 자발적 유배지로 택한 섬의 나라, 제주에 눈이 내린다. 나는 추방되었고, 추방됨을 선택했다. 육지의 세계로부터 떠나오지 않았다면, 어머니의 세계로부터 추방되지 않았다면, 이 글들은 태어나지 못했을 것이다. 육지와 이 섬 사이에 놓인, 바다의 심연과 아득한 거리가 주어지지 않았다면, 나는 내가 떠나온 세계를 바라보지 못했을 것이다. 밤새 거센 돌풍이 몰아치며 낡은 구옥 주택의 지붕을 들썩이고 대들보가 우지끈우지끈 소리를 낸다. 마당으로 나오니 검은 돌담과 당근밭에 하얀 눈들이 펄펄 날리면서 나에게 환하게 웃으라고 한다. 보라고, 당신이 이 대지 위에 내리고 있지 않느냐고. 나는 이제 어느 곳, 어느 때에도 당신의 존재를 느낀다. 눈송이가 내 손바닥 위에 내려앉을 때의 그 무게를 나는 느낀다. 내 손바닥의 온기에 눈이 녹아 사라진다. 그 사라짐의 무게만큼 나는 당신을 사랑한다. 당신이 사라지는 순간 사랑을 깨닫는 것. 그 뒤늦게 시작된 사랑이 내가 받은 운명이다. 나는 사랑하기 때문에 글을 쓴다.

이 글의 후반부에 이르러 나는 '당신들'이 되었다. 나는 '당신' 없이는 아무것도 아니기에, '당신'을 거쳐 '당신들'에게로 당도하게 되었다. 그곳에는 미쳐버린 여성들, 살해당한 여성들, 강간당한 여성들, 유린된 여성들, 버림받은 여성들, 가족을 잃은 여성들, 사랑을 잃은 여성들이 있다. 당신의 비명을 듣다가 또 다른 당신들의 비명을 듣게 되었다. 아니, 그 비명이 나를 덮치게 된 것이었다. 그 선연한 붉은 피의 세계에서 나는 허우적거리게 되었다. 여성은 여성으로 태어나는 순간 비명을 지르고 싶어 한다. 나는 그 비명과 울음을 또다시 받아적는 수밖에 없었다. 이 세상의 어딘가에 있을 '당신'을 발견하기 위해, 당신을 닮은 또 다른 '당신들'을 발견하기 위해. 사랑하는 것을 멈춘다면 나는 아무것도 아니다.

만약 나의 이 부족한 글을 읽는 독자가 있다면, 삶의 절망 한가운데에 있는 독자가 있다면, 나의 여정 속에서 말들의 흐름이 생겨났듯, 당신만의 이야기를 들려달라고 말하고 싶다. 나의 이야기는 당신에게 가닿기 위해 태어났고, 당신의 이야기를 듣기 위해 세상에 나온 것이다. 그러니 부디 당신의 이야기를 들려달라. 당신의 목소리, 당신의 언어, 당신의 말, 당신의 몸으로 나에게 들려달라. 절망을 절망인 채로 침묵 속에 가두지 말고, 잃어버렸던 말들의 흐름을 이어가 달라고 당부하고 싶다. 당신의 그 고유한 슬픔 속에서만이 나의 이야기는 의미를 가질 것이기 때문이다.

마지막으로, 나의 글을 발견해준 북하우스 허영수 국장님과 김유라 팀장님에게 감사의 인사를 전한다. 이 두 분이 아니었으면 나의 글은 세상의 빛을 보지 못했을 것이다.

참고 도서

가브리엘라 미스트랄 지음, 이루카 옮김, 『밤은 엄마처럼 노래한다』, 아티초크, 2023

김혜순 지음, 『여성이 글을 쓴다는 것은: 연인, 환자, 시인 그리고 너』, 문학동네, 2022

레프 니콜라예비치 톨스토이 지음, 장영재 옮김, 『안나 카레니나 3』, 더클래식, 2013

마리아 투마킨 지음, 서제인 옮김, 『고통을 말하지 않는 법』, 을유문화사, 2023

모하메드 아부엘레일 라셰드 지음, 송승연·유기훈 옮김, 『미쳤다는 것은 정체성이 될 수 있을까?』, 오월의봄, 2023

사이먼 크리츨리 지음, 변진경 옮김, 『자살에 대하여』, 돌베개, 2021

샌드라 길버트·수전 구바 지음, 박오복 옮김, 『다락방의 미친 여자』, 북하우스, 2022

시리 허스트베트 지음, 김선형 옮김, 『어머니의 기원』, 뮤진트리, 2023

아이스퀼로스·소포클레스·에우리피데스 지음, 천병희 옮김, 『그리스 비극 걸작선』, 숲, 2010

앤 카슨 지음, 윤경희 옮김, 『녹스』, 봄날의책, 2022

에밀리 디킨슨 지음, 윤명옥 옮김, 『디킨슨 시선』, 지식을만드는지식, 2011

에이드리언 리치 지음, 허현숙 옮김, 『공통 언어를 향한 꿈』, 민음사, 2021

엘렌 식수 지음, 이혜인 옮김, 『아야이! 문학의 비명』, 워크룸프레스, 2022

이바라기 노리코 지음, 정수윤 옮김, 『처음 가는 마을』, 봄날의책, 2019

정약전·이청 지음, 정명현 옮김, 『자산어보』, 서해문집, 2016

주디스 브라운 지음, 임병철 옮김, 『수녀원 스캔들』, 푸른역사, 2011

최승자 지음, 『이 時代의 사랑』, 문학과지성사, 1981

최승자 지음, 『한 게으른 시인의 이야기』, 난다, 2021

캐럴라인 냅 지음, 정지인 옮김, 『욕구들』, 북하우스, 2021

크리스티안 노스럽 지음, 강현주 옮김, 『여성의 몸 여성의 지혜』, 한문화, 2000

크리스티앙 보뱅 지음, 김도연 옮김, 『그리움의 정원에서』, 1984Books, 2021

크리스티앙 보뱅 지음, 이창실 옮김, 『작은 파티 드레스』, 1984Books, 2021

포루그 파로흐자드 지음, 신양섭 옮김, 『바람이 우리를 데려다주리라』, 문학의숲, 2012

필리스 체슬러 지음, 임옥희 옮김, 『여성과 광기』, 위고, 2021

한국정신대문제대책협의회, 『강제로 끌려간 조선인 군위안부들 1~5』, 한울·풀빛, 1997~2001

헤일리 에드워즈 뒤자르댕 지음, 고봉만 옮김, 『검정』, 미술문화, 2021

허수경 지음, 『가기 전에 쓰는 글들』, 난다, 2019

헌터 드로호조스카필프 지음, 이화경 옮김, 『조지아 오키프 그리고

스티글리츠』, 민음사, 2008

E. 풀러 토리 지음, 정지인 옮김, 권준수 감수, 『조현병의 모든 것』,
심심, 2021

태어나는 말들

초판 발행   2024년 6월 27일

지은이	조소연
펴낸이	김정순
책임편집	김유라
편집	배주영 장준오 조은화 최형욱 허영수 허정은
마케팅	이보민 양혜림 손아영

펴낸곳	(주)북하우스 퍼블리셔스
출판등록	1997년 9월 23일 (제406-2003-055호)
주소	04043 서울특별시 마포구 양화로 12길 16-9(서교동 북앤빌딩)
전자우편	editor@bookhouse.co.kr
홈페이지	www.bookhouse.co.kr
전화	02-3144-3123
팩스	02-3144-3121

ISBN   979-11-6405-261-5   03810